JN187039

できてるの？

Kitazawa Jinko

きたざわ尋子

イラスト　高星麻子
ブックデザイン　内川たくや

恋って何でできてるの？

長い卒業式がようやく終わり、室永朔海（むろながさくみ）は同級生たちと体育館から出て行った。列の流れに乗って歩きながら保護者席をちらりと見ると、こちらを見つめている人と目があって、自然と頬（ほお）が緩んだ。

今日は天気がよく、少し暖かい。旅立ちに相応（ふさわ）しい日だと言えるだろう。

三年間の高校生活は、そこそこ楽しかったと思っている。だが思い出というほどのものはなかった。さまざまな記憶はあるし、それなりに充実はしていたけれど、感慨にふけったり懐かしんだりするような思い入れはないのだ。

だからなのか、卒業式のあいだも感情はあまり動かなかった。ただしそれは朔海だけではない。女子生徒は泣いている子が多かったし、男子も目を潤ませている者が何人もいたが、朔海を含めて多くの男子は淡々と式に参加していた。

（やっと大学生になれる……）

朔海にとって高校は通過点に過ぎなかった。まだ大人（おとな）ではないが、高校を出れば少し大人に近付ける。禁止されていたアルバイトも出来るし、行動範囲も広げることが出来る。

そうして少しでも、大切な人の負担を減らすことが出来るはずなのだ。

（今日で制服ともサヨナラだなぁ……）

卒業で惜しむことがあるとすればそれくらいだ。特徴もないブレザータイプの制服だが、毎朝服を選ばなくていい、という一点ではとてもよかった。

校庭に出ると、自然と小さく息が漏れた。隣にはいつものように幼なじみがいて、ほっとした様子で伸びをしている。

「正晴は泣いた？」

「泣かねーよ。朔海も早く終わんねーかなーって顔だったな」

「バレてたか」

神妙な顔を作っていたのだが、付き合いの長い正晴には通用しなかった。周囲に気付かれたところで問題はなかったが。

見た目が少し怖そうな幼なじみ——添島正晴が周囲に目を走らせると、近付いて来ようとしていた数人がびくっとして足を止めた。素行も柄も悪くないのに、なぜか正晴は恐れられていて、彼が近付くなというオーラを出しているときはまず人は近付いて来ない。

校庭で集合写真を撮った後、何人かが話しかけて来ようとしていたが、それより早く正晴が声を張った。

「いたぞ」

「あ……」

教えられて振り向いて、朔海はぱぁっと表情を明るくした。

視線の先には朔海がこの世で一番好きな人がいて、周囲の注目を一身に集めていた。大げさではなく本当にそうだった。

「和隆さん！」

隙のないスーツ姿だが、朔海にとっては見慣れないものだ。彼は朔海の保護者として式に出席していた叔父――室永和隆だ。軽く手を上げて佇む様子がまるで映画かドラマでも見ているようだった。

大勢のなかにあっても抜き出る長身は、平均身長に足りない朔海だと見上げねばならないほどだし、学生時代にずっとスポーツをやっていた体格は、三十を過ぎたいまでも引き締まっていてスーツがよく似合う。定期的に走ったりジムに行ったりしている成果だろう。

パソコンに向かうときだけかける眼鏡はなく、少し長くなった髪は横に流しているから、その美貌があらわになっている。そう、美貌としか言いようのない華やかできれいな、そのくせ男らしくキリリとした顔立ちなのだ。中性的で甘い朔海とはまったくタイプが違う。

「卒業おめでとう」

少し低めの艶っぽい声に、朔海は頬を緩めた。聞き慣れていてもやはりうっとりしてしまいそうになる。

「ありがと。和隆さん、一体どうしちゃったわけ？　いつものダサ眼鏡もないし、髪だってちゃんとしてるけど」

朝は別々に家を出たので、和隆がこんな格好で来るなんて思ってもいなかったのだ。卒業式に出席する保護者としては当然の格好だが、これまでのことを考えると意外に思えた。いままで和隆は学校へ来るとき――面談や文化祭のときなどは、顔がはっきり見えないようにボサボサの髪と眼鏡と、家で寛ぐような格好をしていたからだ。文化祭のときなどはスエットやジャージの上下だったし、面談のときは一応ジャケットは着ていたが、地味でスタイルを台無しにするようなものばかりだった。

学校に顔を出すときだけなので、故意にやっていたことは明白だ。普段買いものや食事に行くときは、カジュアルながらも文句なく決まっているのだから。

大好きな叔父を同級生たちに自慢したかった朔海が不満を口にしても、面倒くさいからと返されてきた。それが今日は一変して雑誌やテレビから抜け出してきたようになっている。

卒業式で一番気持ちが動いたのは、下級生の送辞でも同級生の答辞でもなく、体育館で和隆を見た瞬間だった。

「あんまり格好良くて叫びそうだったよ」

本当に危なかった。もう少しで卒業式に奇声を上げるという黒歴史を作り出してしまうところだった。

「今日で高校生活も終わりだからな」

「え？」

「朔海の制服姿も見納めだ」

「あ、うん。そうなんだけど……」

話の流れがよくわからず朔海は首をかしげた。だがそんな朔海を眺めつつ和隆は意味ありげに笑うばかりだ。

　問いかけようとすると、一瞬早く質問された。

「友達と写真撮らなくていいのか？」

「え、あー……うん、別にいい」

　気がつくと朔海たちは遠巻きにされていた。誰も近寄って来ないし声をかけても来ないのだが、向けられる視線や意識を鬱陶しいと感じてしまう。

「それより和隆さんと撮りたいかな。こんなキメキメの和隆さんなんて滅多に見られないしさ」

「確かにスーツは滅多に着ないな。必要ないし」

「っていうか、スーツ持ってたんだね」

「当たり前だ」

　その当たり前をいままで着てこなかった男が言っても説得力がない。勤め人ではないので必要がないと言えばそれまでだが。

「一つ間違えるとホストだよ。二つくらいかな？　でもビジネスマンって感じもないんだよね。正体不明の格好いい人になってる」

　夜の雰囲気はないのに妙に艶めいていて、下品にならないギリギリのところで踏みとどまっている、という感じだ。モデルというのが一番近いかもしれない。雑誌などでたまに見る外国人のステージモデルや、海外高級ブランドの広告で見かけるスーツ姿のモデルがそんな雰囲気を持っている気がした。

「会社とかにいたら絶対浮くよ」

「会社員になる予定はないから別にいい。それより写真撮るんだろ？」

「家に帰ってからでいいや。なんか落ち着かないし」

「そうだな。行くか」

「うん。あ、正晴！　先に帰るから」

「おー」

少し離れた場所にいた正晴は手を上げて応え、和隆に向かっては軽く目礼した。相変わらず一歩引いたような態度だ。年齢差があるから仕方ないのだろうが、家が隣同士にもかかわらず正晴は和隆に対する態度が堅い。

朔海たちが声をかけられない理由の何割かは正晴にある。近寄って来ないように牽制しているのだが、一番の理由は和隆だろう。

「相変わらず外出るときは変えるね」

和隆は家にいるときと外での雰囲気がまるで違う。外では人が寄って来ないように、あえて近付きがたい雰囲気を出しているのだ。効果は絶大で、視線の多さのわりに声をかけられることはあまりない。

「楽なんだよ」

「わかるけどさ」

そそくさと学校を後にし、予約している店へ向かうためにタクシーに乗った。和隆は謝恩会に出ないことを以前から明言していたし、朔海もそれでいいと思っている。出席するほとんどが母親なのに、そこへ叔父である和隆が混じるのは酷だろう。まして和隆は三十三歳で周囲と比べたら格段に若い。

タクシーのなかで和隆は思い出したように笑った。

「ボタン、全部無事だったんだな」

「うん。誰も近寄って来なかったんだよ。正晴が威嚇(いかく)しててさ」

今日は朝からかなり気合いが入っていた。卒業式で皆が落ち着かないなか、ある意味では通常通りだった。

話を聞いた和隆は満足げだ。

「ちゃんと役目は果たしたみたいだな」

「え、もしかして和隆さんの差し金？」

「ちゃんとガードしろよ、って言っといただけだよ」

「えー、なにそれ。誰か一人くらいボタンくださいって言ってくれるかな、って期待してたのに。話しかけたそうな女子とかいたのにさぁ……」

卒業式自体に感慨はなかったものの、校庭に出たら一人くらいは……という期待感はあった。ただしそれは小さなもので、実際に来られたら対処に困っていただろう。結局のところ煩わしさを避けたい気持ちのほうが強いのだ。

「もみくちゃにされるよりはいいだろ」

「まぁね。でもそこまで人気ないよ。僕なんてあれだよ、ゆるキャラみたいなもんだから。可愛いとか、当たり前みたいに言われてたし」

最上級生になる前に上級生たちから言われている分にはまだ納得出来たのだが、後輩からも言われていると知ったときは少なからずショックだった。

朔海は特別小さいわけではない。平均身長にはやや欠けるが、身長順で並べばクラスで真ん中より少し前といった位置だった。つまり朔海より小さい男子は結構いたので、可愛いと言われる理由は小柄なことではないのだ。

「顔がこれだからね」

自分の容姿について朔海は十分に自覚している。昔から褒められ続けていれば、嫌でも理解するというものだ。

亡くなった母親によく似た顔立ちは中性的で甘く、女性に間違えられることはないものの男っぽいとは決して言えない。線が細いと言われる一方で、先にも話に出たようにマスコット扱いされて弄られることも多かった。

「いい意味でも悪い意味でも隙があるんだってさ」

「誰が言ったんだ？」

「正晴。でもお姉ちゃんの受け売りだって言ってたけど」

「ああ……」

正晴の姉とも長い付き合いだ。朔海が三歳のときからなのでもう十五年になる。親戚（しんせき）がほぼいない朔海にとって、隣の家族が親戚のようなものだった。

「相変わらずよくわかってるな」

「昔から仲いいよね」

「俺と奈穂美（なほみ）のことか？　普通だろ」

「普通より仲いいよ。ただのお隣さんとは違うじゃん。お姉ちゃん一応独身なんだし、ありだと思うけどな」

奈穂美は二十五歳で、離婚歴があって五歳の娘がいる。六年前に結婚して隣の家から出て行って、四年前に離婚して戻って来た。とはいえ里帰り出産をしたので、実際隣にいなかったのはわずかな期間だった。

一児の母とは思えないほど若々しい彼女と和隆は、並んだところを見てもかなり似合いだ。互いに異性として興味はないと言うが、案外上手（うま）くいくのではと朔海は思っていた。

だが和隆は苦笑を浮かべるだけでなにも言わなかった。

目的地に着いてタクシーを降り、予約していた店に入る。今日は朔海のリクエストで中華だ。入るとすぐに受付兼レジのカウンターがあり、にこやかな女性店員に迎えられた。

名前を告げると、エレベーターで三階の個室に案内される。少人数用の部屋で定員は四人ほどだろうが、用意されていた椅子は二脚だった。テーブルは長方形だ。真っ白なクロスがかかっている。

「さすがに二人じゃテーブルまわせないか」

「残念ながらな。今度、隣の一家を誘って食いに行くか？」

「それいいね。たまには大勢で外食ってのもいいかも」

普段から隣の添島一家と食事をすることはある。そう頻繁ではないが呼ばれたり、料理を持ち寄って食卓を囲んだりもしている。だがさすがに全員で外食はしたことがなかった。

すでにコースは決めてあったので、飲みものだけを頼んだ。

「あらためて卒業おめでとう」

「ありがとう。本当に……うん、感謝してます」

朔海は神妙な顔で頭を下げた。

和隆には感謝してもしきれない。十歳のときから八年間、赤の他人の朔海を育ててもらった恩があった。

叔父と甥とは言っても二人に血の繋がりはない。朔海が三歳のときに母親が再婚し、新しく出来た父親の弟が和隆なのだ。

朔海の本当は父親は、いまどこにいるのかわからない。調べればわかるだろうが、そこまでする気はなかった。朔海が生まれて間もなく母親と離婚し、それっきりだという。養育費も払わず連絡が取れなくなったが、母親は驚かなかったそうだ。そういう男だと、離婚する頃には嫌というほど理解していたからだった。

母親曰く、顔だけの男だったらしい。見る目がなかったと彼女は苦笑していた。優しいと思っていたのはただの八方美人で、夢を持って生きているのが素敵だと思っていたらただ現実を見ていなかった、というだけだったと。もちろんそんな話を朔海に直接言って聞かせたわけではなく、たまたま隣人と話しているのを聞いてしまったのだ。

そんなわけで朔海たち母子は、再婚するまで祖母の元に身を寄せて暮らしていた。その祖母は朔海が七歳のときに亡くなり、母親と継父もいまから八年前に揃って事故で亡くなった。

そのときに和隆が朔海の保護者になってくれたのだった。

当時和隆は二十五歳で、離れたところで一人暮らしをしていたのだが、朔海を引き取るに当たり、いまの家に移り住んだ。それまで住んでいたマンションより、隣に添島家がいる環境のほうがいいと判断したためだ。実際、朔海が小学生の頃はかなり添島家の面々に世話になった。

添島家は当時、三人家族だった。母親の三奈子、朔海と同じ年の正晴、そして姉の奈穂美。三奈子は仕事を持っていたので、まだ高校生だった奈穂美がずいぶんと朔海の面倒を見てくれた。

彼女が結婚して家を出たときは実の弟以上に泣いたものだった。

「あっという間だったね」

「長いような、短いような……だな」

朔海が感じている以上に和隆には長かったのではないだろうか。二十代のなかばから急に子供中心の生活になったのだから、かなり大変だったはずなのだ。

「ほんとに和隆さんには感謝してるんだよ」

「よせ。別に感謝されるようなことはしてないぞ。むしろ家のことをやってくれて、俺が助かってる」

「あー、それはねー……」

ここは謙遜も否定もしなかった。実際、和隆は掃除も洗濯も料理もやろうとしない。だからそのあたりは朔海の役目となっている。

もちろん朔海一人ですべてをこなしていたわけではない。十歳で同居を始めた頃は通いの家政婦がいて、料理も洗濯も掃除もしてくれていた。彼女から少しずつ教えてもらい、やがて自分の部屋の掃除をするようになり、簡単な朝食を作るようになり、少しずつ家事のスキルを高めていって、中学卒業のあたりから朔海がほぼすべてをやるようになった。現在では月に一度、プロの清掃を入れるくらいだ。

「ほんとひどいよ。和隆さんの生活能力のなさ！　あの衝撃は忘れない」

朔海は遠い目になった。八年前、両親の死亡が確認されて病院から家に戻るとき、一度和隆のマンションに寄ったのだ。和隆は取るものも取りあえず駆けつけたので、朔海といまの家で過ごすにあたり準備が必要だったからだ。

部屋の惨状を見た瞬間、朔海は一瞬でも両親の死という大きな悲しみや喪失感を忘れた。そのくらいの衝撃だった。

「すごいよね、悲しい気持ちが吹き飛ぶインパクト」

テレビで見るゴミ屋敷ほどはひどくなかったし、床はところどころ見えていたが、ワンルームのマンションは本や雑誌、服やダンボールなどでごった返しており、キッチンには使った食器や鍋がそのまま数日分は放置されていた。夏じゃなくてよかったと、しみじみと思う。もしあれが暑い時期だったら異臭を放っていたはずだ。

実際あの程度はよくあることなのかもしれない。だがそれまで朔海が見ていた和隆とのギャップのせいか、とんでもない衝撃を与えてくれたのだ。

部屋の入り口で立ち尽くす朔海に気付き、和隆はさすがにばつが悪そうな顔をした。その顔はよく覚えている。いたずらが見つかった子供のような顔だった。

座って待っていろと言われたが朔海は座らなかった。汚くて嫌だったのだが、それは口に出さなかった。おそらく態度に出ていたので和隆は気付いただろう。彼は手早く何日か分の着替えとパソコンなどを持ち、朔海を連れて部屋を後にした。

思わず朔海は「このままでいいの？」と聞いたが、帰ってきた答えは「後でなんとかする」というものだった。実際になんとかしたのは業者だったと後から聞いた。同居を決めた和隆が片付けを手配し、ついでにマンションを引き払ったのだ。

「あのときは締め切りがヤバくて、掃除とかする余裕なかったんだよ」

「仕事してないときだって掃除しないくせに」

「それは……まぁな……」

和隆が言葉を濁していると前菜が運ばれてきた。コース料理の一品目だ。何度も店員が出入りするので、自然と話題は当たり障りのないものになった。高校生活や春休みの予定、あるいはもうすぐ始まる大学生活のことなどだ。

デザートが運ばれてきたときには、かなりの時間がたっていた。

「中華のデザートって、マンゴープリンか杏仁豆腐が多いよね」

「そうだな」

気のない返事に、おやと思った。聞いていなかったわけではなく、なにか別に意識が向けられている、といった感じだ。和隆には珍しいことだった。

「どうかした？」

朔海はスプーンを置き、じっと和隆を見つめる。雰囲気が緊張を孕んだのがわかって、これはただごとではないと思った。

「ちょっと話したいことがあるんだ」

「なに……？」

こんな和隆は久しぶりに見た。緊張が移りそうになりながら朔海は居住まいを正し、話の続きを待った。

「俺の仕事のことなんだが……」

「うん」

和隆の仕事は小説家だ。大学生のときに小説早雲(そううん)文学賞という賞を取って「牟呂隆(むろたかし)」という名でデビューした。ペンネームの付け方は単純だ。姓は本名の室永——むろなが、から半分とって漢字を当てて牟呂とし、名前は和隆の下の部分なのだ。

受賞作を表題作とした本を出したが売り上げはあまり芳(かんば)しくなく、次になぜかハードボイルド小説を出してそこそこ売れて、現在に至っている。

「実はその、俺のペンネームはもう一つあるんだ」

神妙な様子で切り出した話に、朔海は一気に力が抜けるのを感じた。和隆の様子からかなり身がまえてしまったが、なんてことはなかった。

「やっぱりね」

朔海はふたたびスプーンを手にした。残りの数口を食べてしまおう。

「ちょっ……やっぱり、って……」

「そうかなー、って思ってた」

にっこりと笑って返すと、和隆は焦りを滲(にじ)ませながら朔海の言葉にやや被(かぶ)せるようにして言った。

「それじゃ内容も知ってるのか？」

「うん。エッチなやつだろ？」

「マジか……」

片手で顔を覆い、溜(た)め息(いき)をついて項垂(うなだ)れる様子を見せられて、なんだかひどく悪いことをしている気分になってきた。

隠しているのは知っていたが、ここまで気にしているとは思っていなかった。

「あ、でも読んだことはないよ。さすがにちょっと、抵抗あるから」

彼が年に一冊、あるいは二年に三冊程度の割合で出しているハードボイルド小説は朔海もほぼすべて読んでいる。普段はあまりその手のジャンルを読まないので詳しくないのだが、隣の奈穂美に言わせるとハードボイルドというジャンルにしてはとても「ぬるい」らしい。暴力描写も主人公の性格もマイルドで、一部からはジャンルエラーだとも言われてしまっているそうだ。読者も女性が多いと聞いている。

そしてもう一つのペンネームで書いているほうは、いわゆる官能小説だった。

「内緒にしておきたいんだろうなって思ってたから、僕もなにも言わなかったんだよ。ペンネー

ム も知ってるけどさ。氷室のどか、だよね？」

「なんで知ってるんだよ」

「和隆さんの部屋を掃除したとき、あれが落ちてた。ほら、本のあいだに挟まってるペラッとしたしおりみたいなの。本買うと店員さんが取っちゃうあれ」

「スリップか……」

ようするに自分のミスだと知り、和隆はさらにへこんでいた。

朔海はスリップを拾った段階では、すぐにもう一つのペンネームがあるなんて話には結びつけなかった。だが奈穂美のところへ遊びに行ったとき、彼女の本棚にずらりと同じ人の本が並んでいるのを見て、もしやと思った。

「それでこっそりプロフィール見たら、誕生日は僕のだったし、そうかなって」

こちらのペンネームもまた単純な付け方をしていた。室永を上下入れ替えて、さらに永の字を見た目が似ている氷に変えた。そして下の名前は和の字を人名用の読みにしてひらがなにしただけだった。

「ペンネームの付け方もパターン化してるしさ」

「いつから知ってたんだ」

「うーん……五年くらい前？」

「そんなに前かよ……」

「だって年に一冊か二冊しか出さないのに小早川さんよく来るし、小早川さんの会社じゃないとこからも郵便物来るし。おかしいなーとは思ってたんだ。どう考えても、別の仕事があるなって。連載してるわけでもないのにさ」

「あのバカ。だからあれほど遊びに来てる感じ出せって言ったのに」

チッと舌打ちをするものの、和隆本人も理不尽なことを口走ったという自覚はあるらしく、すぐにまた溜め息をついた。

小早川信人という人物は、大学時代の和隆の後輩だ。当時から何度か家にも遊びに来ていたのだが、出版社に就職して和隆の担当になってからは、さらに頻繁に来るようになった。家が近いからという理由だった。担当になったのが偶然か作為的なものなのかは不明だ。一度聞いたのだが、当人もわからないと言っていた。

その小早川のアパートから駅への途中に朔海たちの家はある。夜遅くに校正用のゲラ刷りを置いて行くだけだったり、出勤時に立ち寄って受け取ったりというのがほとんどだったが、数ヵ月に一度は上がり込んで食事をしていくのだ。

「小早川さんのせいじゃないと思うよ。もう一つの出版社のほうって、わざと会社名入れないようにしてもらってるだろ？　でもバレバレ。だってあんな定期的に、個人相手に宅急便とかバイク便のやりとりなんかするはずないじゃん」

和隆は二つの会社で官能小説を出しているようだ。それぞれ年に三、四冊らしいので、ハードボイルドのほうも入れると年間の発行数は結構な数になる。

同居しているのにこの手のことをごまかすのは難しい。たとえ荷物の受け取り時間に平日の昼間——朔海が学校に行っているあいだを指定していたとしても、タイミングがズレることはあるのだから。

「読むなよ」

「たぶん読まないよ。恥ずかしいし」

そういったものが嫌だと思っているわけじゃないが、身内の書いたものとなれば話は別だ。かなり抵抗があった。

「話って、それだけ？」

「……ああ」

「なんだ。ちょっと身がまえちゃったじゃん。たいしたことなくてよかった」

「たいしたことだったんだよ、俺にとっては」

「気にすることなかったのに」

意外と抜けているな、と朔海は思う。あるいは彼のなかで朔海は子供で、いろいろなことに気付くには幼いという感覚だったのだろうか。

「思春期の難しい年頃だろうが。それで俺の仕事知って幻滅されたらとか、軽蔑されたらとか、いろいろ思ってさ……」

「僕が和隆さんを軽蔑するわけないだろ。世界一尊敬してるのに」

「尊敬ね……」

なぜかあまり嬉しくなさそうだったが、指摘するのは憚られた。尊敬というのは言葉として大げさ過ぎたのかもしれない。それでも朔海が和隆に対し、一言では表せないほどの感謝と好意を抱いているのは確かだ。敬愛と言ってもいいかもしれない。

「ダメなとこも、いっぱいあるけどね」

「いいんだよ。完璧だと嫌味だろ」

「かもね。でも今日は満点だよ。そう言えば、卒業式だからって格好良く決めてくれたのってなんで？」

「仕事のことカミングアウトするって決めたからな」

「んん？」

「普通にしてったら嫌でも目立つだろ、俺は」

「まぁね」

謙遜も卑下もしないところが実に和隆らしい。彼は自分の容姿が群を抜いていいことをよく知っているし、特に嫌がってもいないのだ。ただ面倒だと感じることはあるらしい。そのあたりは朔海もわかるつもりだった。

「俺は作家としてどこにも顔を出してないし、写真も残してない。それでも目立ったら、出身校くらいは突き止められるかもしれない。そこから辿れば、俺が作家やってることもバレるかもしれない」

「ああ……」

和隆は在学中に賞を取っている。それは当時のサークルメンバーならば誰でも知っているし、当時から目立っていた彼に関する噂として、結構広まったと聞く。だが知られているのは牟呂隆のほうだから、問題はないはずだった。

「牟呂隆と氷室のどかが同一人物ってのは、知られてるわけ?」

「いや。それでも念のためにな。保護者が官能小説家って知られるのは、朔海が嫌だろうと思ってさ」

「え、僕のため?」

「自分のためでもあるな。せめて高校卒業までは朔海に知られたくなかった」

「……知ってたけどね」

「そうなんだよな……」

脱力気味の溜め息をつく和隆を見て、朔海は小さく笑った。

格好いいのに、ちょっと可愛い。それが朔海のなかでの、和隆という人だった。生活能力がなくて、放っておくと寝食も忘れてパソコンの前から離れず、朔海が言わないと風呂にも入ろうとしない、ちょっとダメな人だ。

やっぱり一人にはしておけない。けれど、いつまでもこの状態でいるのはきっと無理だ。

口元に笑みを浮かべたまま、朔海は少し温くなったジャスミンティーを飲んだ。


朔海たちが住んでいる家は、いまから十年ほど前に建て替えられた。

二階建ての四ＬＤＫで、和隆が育った頃とは違う家だが、彼にとって実家であることには違いない。ちょっとした庭と二台分の駐車スペースがあり、二階に部屋が三つある。このうち二つがそれぞれの自室で、残る一室は和隆の仕事部屋だ。パソコンやプリンタ、壁一杯の作り付けの書棚があった。

「ただいまぁ」

玄関を開けると、玄関マットの上には飼い猫のカエデがちょこんと座っていた。

四年前、庭に迷い込んでか細い声で鳴いていたところを保護した雌の白猫だ。飼おうと言ったのは和隆だったが、案の定と言おうか彼はほとんど世話をしなかった。いや、かまったりはしているものの、トイレの始末だとか必需品の買い出しなどをしないのだ。餌やりについては適当に与えられると困るので、決まったおやつを決められた範囲でしかやらないように言い聞かせている。そうでもしないと無制限にやったり、与えてはいけないものを与えかねないからだ。

一撫でると、カエデは和隆の足元に擦り寄っていく。いつものことだった。

「着替えてくる」

「俺もだな」

滅多にスーツやネクタイを身に着けない和隆は一刻も早く脱いでしまいたいようだ。二階にあるそれぞれの部屋に行き、朔海は制服を脱いでしばらくそれを眺めた。思い入れはないが、一応クリーニングに出して、どこかにしまっておくことにした。

着替えをすませてから、朔海は和隆の部屋に入ってスーツを拾ってハンガーにかけた。思った通り脱ぎ捨てられていたことに苦笑した。

一階のリビングへ行くと、和隆はソファに座り、膝の上のカエデを撫でていた。ソファは大きめで、和隆が寝そべっても余裕があるほどだ。そのせいか、たまに彼はソファで寝ていることがある。

「シャツはクリーニングに出すよ？」

「ああ」

朔海も座ってカエデを眺めていると、当たり前のように和隆は横になり、朔海の膝に頭を乗せた。いわわる膝枕だ。

カエデは和隆の腹の上に移動し、丸くなった。

「なんでカエデは和隆さんがいいんだろう」

見つけたのも世話をしているのも朔海なのに、カエデは和隆のほうが好きなのかなにかと近寄って行ってはかまってもらい、ぴったりとくっついて寝る。朔海にはとてもクールだ。嫌われてはいないものの、世話をしてくれる召使い程度に思っているような気がしてならない。

「俺が朔海に冷たくされてるから同情してるんじゃないか」

「えっ、なにそれ。いつ？　冷たくしたことなんてないけど」

むしろこれ以上ないほど優しいはずで、いまだって文句も言わずに膝枕をしてやっている。ただしこれは朔海にとっても幸せな団らんのひとときなので、優しさとは無関係なのだが。

「俺とカエデを置いて出て行こうとしてただろ」

冗談めかして言っているが、和隆がかなり本気で怒ったことは記憶に新しい。

無事に第一志望の大学に合格し、手続きもすませた後、朔海は近くで一人暮らしをしたい、と打ち明けたのだ。以前から考えていたことだった。

和隆は驚いた様子も見せず、ただ眉間に皺を寄せて反対した。

「近所だよ？　毎日来るつもりだったし」

「だったら意味ないだろ。そもそもここはおまえの家だぞ」

相続したのは朔海なので、確かに名義も朔海のものだ。形としては和隆が「住まわせてもらっている」ということになる。だがあくまで書類上の話だ。朔海自身はもちろんのこと、近所の人たちだってそんなふうにも思っていないだろう。

そして通学にはとても便利な立地だ。駅までは徒歩五分だし、大学の最寄り駅まではたったの五駅。そして大学はそこから目と鼻の先だ。

「そうなんだけど……僕がいると和隆さんが結婚しないんじゃないかと思って」

出来ないとは言わない。しないのだ。和隆ずっと朔海を中心に生きてきて、自分のことなど二の次という印象がある。家のことはなにもしないが、かといって遊びまわっているわけでもなく、まずは朔海ありきの予定を立てる人だった。

だから気を遣って家を出ようと思っていた。ただし和隆の生活とカエデが心配なので、近くに住んで通おうと思ったのだ。

「おまえがここにいようが一人暮らししようが同じだよ」

「……やっぱり、あのときの彼女……忘れられないんだ？」

「は？」

「あれから特定の彼女作らないから、そうなのかなって」

図星を指されたどころか、和隆はむしろあり得ないという顔をしていたが、故意に視線を外してカエデを見つめていた朔海は気付かなかった。

朔海が和隆と暮らし始めた頃、和隆には付き合っている女性がいた。

結婚するのだろうと朔海は思っていたし、実際彼女もそのつもりだったように思う。きれいで優しくて、朔海にも親切な人だった。

それは嘘ではないと、いまでも思っている。

実は和隆には言っていないことがあった。小学五年生になって間もない朔海に、彼女はしきりにある学校への進学を勧めてきた。そこは全寮制の中高一貫の学校で、わざわざパンフレットまで取り寄せ、どれだけいい学校かを熱心にアピールしていた。それも必ず和隆のいないときに、しっかりと口止めまでして。

彼女には縁もゆかりもない学校だったらしい。そんなところを朔海に勧める理由など一つしかなかった。

和隆との将来に、朔海は邪魔だと考えたのだろう。仕方ない話だ。彼女は優しい人だったけれど、自分の幸せのほうが重要だったのだ。それだけ和隆が好きで、必死だったに違いない。和隆に結婚をほのめかしたとき、色よい返事をもらえないばかりか朔海がもう少し大きくなるまでは、という意味合いのことを言われたのも大きかったのだろう。

そんな和隆の態度に業を煮やしたのか、そのあたりのことは男女のことなので朔海は知らないのだが、間もなくして二人は別れてしまった。

「言っとくが、これっぽっちもこだわってないぞ」

「そうなの?」

「朔海を厄介払いしようなんて女に、未練なんかあるはずないだろ」

「……知ってたんだ」

「ああ」

隠していたつもりだったが上手くはいかなかったらしい。あるいは彼女がどこかでボロを出したのだろう。

「でも、仕方ないと思うよ？　結婚しようと思っていた人に小学生のコブが付いていたら誰だって嫌だよ。その人の子供だったらともかく、甥だよ？」

「俺に隠れてコソコソやるのは、どうかと思うけどな」

「そうなんだけど、和隆さんの態度にも問題あったと思う。だって彼女より僕のこと優先してただろ。あれはキツいよ」

申し訳ないと思いながらも嬉しいと思っていたのは事実だ。だから彼女に対しては、なんとなく罪悪感のようなものがあった。

だが和隆は真っ向から否定した。

「両親亡くして何ヵ月もたってない子供に、知り合いが誰もいない全寮制に行けっていう神経が、どうもな」

「もし行ってたとしても二年後だったよ？」

「だとしてもだ」

別れた理由も、彼女を引きずっていないというのも理解出来たが、それでも朔海のなかに和隆への申し訳なさは残った。

赤の他人の朔海を引き取ってくれて、二十代の楽しい時期を潰してしまったのだ。その分、幸せになってもらいたいという思いも強い。

「朔海のせいじゃないからな。後悔もしてないし」

「そうみたいだけど……。うーん……あのさ、もしあのとき彼女が僕ごと受け入れてくれてたら、結婚してた？」

「かもな」

少し考えて和隆は頷いたが、その表情はどこか苦々しいものだった。まるで結婚していたら後悔した、とでも言わんばかりだ。

その顔が少し気にはなったが、いまさら深く追及することでもない。もう何年も前に終わったことなのだ。

だから朔海は、いまの話をしようと思った。

「でもそれって無茶振りだからね。っていうか、そういうこと言ってるから結婚出来ないんじゃない？」

「いいんだよ別に。俺の最優先事項は朔海なんだ」

「もう大学生になるんだから、そこまで考えてくれなくても大丈夫だよ」

大人とは言えないけれども子供ではない。人によっては経済的にも自立している年齢になったのだし、それほど多くはないが遺産だってある。

「好きな人が出来たら、ちゃんと言ってね。すぐ出てくから」

「だからこの家はおまえのだって」

呆れたように溜め息をつき、和隆は目を閉じた。

恐ろしく整った顔を見つめながら、朔海は困ったようにかすかな笑みを浮かべた。

「やっほう！　朔海くん、無事……みたいね……」

　訪問者は卒業式の翌日に、そろそろ昼食の支度をしようと思ったときにやってきた。

　玄関まで出ると隣の姉弟が立っていて、正晴の手には風呂敷に包まれた箱のようなものがあった。しかしながら、姉のほうがどうしてがっかりした顔をしているのかがわからない。しかも困惑顔の弟と顔を見あわせている。

「無事って、なにが？」

「ううん、なんでもないの。それよりお弁当作ってきたから一緒に食べない？　お昼、まだなんでしょ？」

「これから作ろうと思ってたとこ」

「よし、いいタイミング」

「なんか、大丈夫そうだな……」

　正晴はまじまじと朔海を見つめ、謎の呟きを発した。

「大丈夫って？　さっきから、なに言ってんの」

「気にしないで。それより和くんは？」

「ジム行ってるけど」

　自宅でパソコンに向かうばかりでは身体がなまるからと、和隆は週に何度か駅前のスポーツジムに通っている。その成果は彼の身体にしっかり出ていて、作家なのにまるでアスリートのような肉体が出来上がっていた。

「ジムか。あ、上がらせてもらうね」

「お邪魔しまーす」

姉弟は返事も聞かずに上がり込むと、ダイニングテーブルに箱を置いた。そして奈穂美がお茶を入れ始める。慣れたものだった。

風呂敷を解く(ほど)と重箱が現れた。大きめの重箱は二段で、一の重にはぎっしりとおかずが、二の重には赤飯が入っている。

「……お赤飯？」

「えーと、あれだよ、あれ。卒業祝い」

だったら昨日の夜が相応しいんじゃないかと思ったが、もらいものにケチを付けるのも悪いかと言葉を呑(の)み込んだ。

「美味(おい)しそー」

「朔海くん、おこわ大好きだもんね」

「うん」

和隆の帰りはまだ先だろうから三人で先に食べてしまうことにした。どうせ和隆は生活リズムが不規則なのだ。朝食も九時頃に一人で食べていた。

昔からお祝いごとのときは、いつも添島家が赤飯を炊いてくれたので、朔海にとっては慣れしたしんだ味だ。

「昨日の昼は中華だったんだっけ？」

「うん。北京ダックとか、いろいろ食べた。今度みんなでテーブルまわすやつ行こうよ」

「いいねー。わたしはフカヒレがいいな。コラーゲン大事」

「そんなに必死にならなくても、お姉ちゃん肌きれいだって」

「あらーお口が上手になって。どこで覚えたの」

「本心だし」

世辞が言えるほど朔海は気が利かないし世慣れてはいない。和隆に「格好いい」と言うときも、心からそう思っているから言っているのだ。

黙々と食べつつ、正晴はじっと朔海を見ていた。それはまるで観察しているような視線だった。

「朔海、いつも通りだな」

「いつも通りだよ？　さっきからなに？」

今日の二人は妙な言動が多く、朔海の知らないことを二人だけでわかっているような居心地の悪さがある。

不満を込めて正晴を見つめ返していると、彼の代わりに奈穂美が言った。

「拍子抜けってやつかな？」

「だから言ったじゃん。姉貴は過激なんだよ。いきなりはねーよ」

「えー、だって卒業式終わったら、アクセル全開で最後までやっちゃうと思ったんだもん。だから気を遣って昼まで待ったんじゃない」

「勇み足だったよな」

「せっかく喉にいいハチミツまで持って来たのに。マヌカハニーよ。大奮発だよ。これ、超高いけど、すごく効くから置いてくね朔海くん。喉痛いときとかスプーンで掬って舐めてみて」

いきなり姉弟のあいだでぽんぽんと言葉が交わされ始め、そのあいだ朔海は口も挟めずに眺めていた。

途切れるのを待って、ようやく会話に入っていった。

「よくわからないんだけど……もしかして和隆さんの告白のこと?」

卒業式を待って和隆がしたことと言えば、実は官能小説家であるという告白だった。部屋に本があったのだから奈穂美も当然知っていたわけで、正晴も姉から教えられて知っていたのだろう。そこまでは想像出来た。

姉弟はいっせいに目を瞠り、同じタイミングで声を発した。

「それ!」

「やっぱり二人も知ってたんだ」

「も、って……朔海くん知ってたの?」

「うん。だってさ」

朔海は昨日と同じ説明を二人にした。揃って驚いていたが、特に奈穂美は自分の書棚で確信したというあたりで複雑そうな顔をしていた。

話し終えて数秒してから、正晴はハッと息を呑んだ。

「え、ちょっと待て。ってことは、告白ってエロ小説のほうの話か？」

「その話じゃなかったら、なに？　あの人、まだほかに秘密あるの？」

「あ、いや……エロ小説の話！　うん」

「なんだ、知ってたなら言ってくれればよかったのにー。朔海くんと氷室のどかトークしたいって思ってたのにー」

正晴の態度に感じた違和感は、奈穂美の勢いに呑まれて消されてしまう。

「それは遠慮……。あのさ、二人っていうか正晴はいつから知ってたわけ？　お姉ちゃんはきっと最初から知ってたんだろうけど」

「そうね。こういう仕事の話があるんだけど、どうしよう……って相談されたから、別ペンでやれば、って言ったの」

「俺は、中三のときかな。とりあえず一冊だけ読めって言われて感想言わされたわ、姉ちゃんに。朔海は……？」

探るように問われ、黙ってかぶりを振った。一冊とは言え、正晴まで「氷室のどか」の本を読んでいたなんて少しショックだった。自分だけが和隆の仕事に理解を示していないように思えてくる。

「読んでない……」

「なんで」

どこか不満げな奈穂美に、むしろ朔海のほうが「なんで」と言いたくなった。

「いや、だってなんか恥ずかしいじゃん。身内の書いたそういうのって、なんとなく」

「まぁ、そうだよな。いや、無理して読むことはねーよ。な？」

すかさず朔海側に付いたところからして、正晴も親しい人間が書いた官能小説を読むのは苦痛だったようだ。しかし彼は姉にも母親にも逆らえない男なので、なかば諦めてもいる。女系家族の唯一の男とはそんなものかもしれない。

「そうねー。でも気が向いたら言って。全部あるから」

「うちにだってあるよ」

「あ、そうだった。でもきっと隠してあるでしょ。朔海くんの性格からして、家捜ししてまでは読まないんじゃない？」

「……うん」

さすがによくわかっているなと感心した。これまで発行した本が何冊なのか正確には知らないが、年に六冊から八冊は出ているらしいので献本数を考えると家には官能小説が三桁はあるはずだ。和孝の性格を考えると、本を渡す相手はせいぜい奈穂美くらいだろうから、送られてきた本のほとんどが家にあることになる。捨てていなければ、だが。

「そう言えば昨日はスーツだったんだって？」

「めっちゃ格好良かったよ」

「でしょうね」

「見たかった？」

奈穂美のなかに和隆への好意がありはしないかと、つい探るように問いかけてしまったが、奈穂美も正晴も気付く様子はなかった。

「んー別に。見たら見たで、かしこまってるわーって爆笑してたかもしれないけど」

「爆笑なんだ……」

奈穂美の感覚がまったくわからず朔海は首をかしげた。和隆のスーツ姿はうっとりと見とれることはあっても笑えるものではないはずなのに。

感覚の違いだろうと無理に納得させ、奈穂美渾身の八幡巻きを口に入れる。

「美味しいねこれ」

「でしょ。偉いなぁ朔海くん。和くんはちゃんと美味しいって言ってくれる？」

「うん」

「よし合格」

なにに合格したのかは不明だが、奈穂美が満足そうなので水を差すことはしなかった。そのまた。

ま他愛もない話をしながら食べ続け、食事が終わってしばらくした頃、和隆がジムから帰ってきた。

彼は添島姉弟がいることを知って露骨に顔をしかめた。

「お弁当を持ってきたわたしたちに、なにか文句でも？」

「いや……」

和隆は多くは問わず、諦めたような溜め息をつくのみだった。決して彼の立場が弱いのではなく、基本的に隣の女性陣には意見を言わないことにしているらしい。朔海の面倒を見てもらったという恩を感じているためだ。

「食べるよね。早く座って」

「ああ」

和隆が座ったのは朔海の隣で奈穂美の正面だ。じっと見つめる姉弟にかまうことなく、和隆は平然と食事を始めた。そんな彼に朔海はお茶を入れるためキッチンに立った。

「和くんったら慎重派」

「慎重すぎて獲物逃がすタイプだよな」

姉に追従した正晴だったが、和隆に睨まれて目を逸らした。このあたりは上下関係がはっきりしている。

「全面的に同意するけどねぇ」

「だよな？　あれ、ってことは俺の役目はまだ終わらないってことか？　いやでも大学違うからさ……」

「なんの話？　僕と正晴の進路？」

お茶を持って戻り、三人の顔を順番に見つめる。和隆は黙々と食べているので、主に正晴に向けて問いかけた。

「えーと……虫の話？」

「まだ虫は出ないと思うけど」

「おう。足が六本以上ある虫はな」

「昆虫なんだから当たり前じゃん。六本足」

「ソーデスネ」

正晴との会話に意味を見いだせない。今日の彼らは――特に正晴は言動があやしくて、自然と見る目も胡乱(うろん)なものになってしまった。

「あー、ごめん朔海くん。座ったばかりのとこ悪いんだけど、わたしにもお茶のおかわりもらえるかなぁ？」

「あ、うん」

朔海がキッチンに立っているあいだに、話題はまた変わっていた。戻ると正晴がなにかをぼやいていた。

「もうさ、そのなんちゃってイケメンが厄介で。息するようにナンパして、やっちゃポイやっちゃポイするようなやつでさ……」

「そんな知り合いいたんだ？」

真面目（まじめ）な正晴の知り合いというには違和感があって、お茶をテーブルに置きながら問いかけた。

すると心外だと言わんばかりにかぶりを振られた。

「隣のクラスにいたろ。茶髪でチャラい感じの」

「いた……かも……？　同じクラスになったことないからなぁ……」

そんな感じの生徒は記憶しているが、何人かいたので誰かはわからなかった。イケメンと言われても絞れないのは顔自体をまったく覚えていないからだ。見ればわかるかもしれないが、あいにく思い出せるほどではなかった。

「ふーん。ちゃんと役に立ってたんだな」

和隆の言葉に、正晴は即座に反応した。

「もっと褒めてくれてもいいんだぜ」

「調子に乗るな」

「ひでぇ」

「ねぇ朔海くん、バイトのことなんだけど」

和隆と正晴の謎の会話に突っ込もうとしたら、奈穂美に話しかけられてそのことは忘れてしまった。他愛もない会話よりも、春休みにやるアルバイトのほうが朔海にとってははるかに重要だったからだ。

身を乗り出す朔海に、奈穂美はにっこりと微笑んだ。


今日もまた十一時という遅い時間に訪問者はやってきた。

事前予告があったので朔海がキッチンでコーヒーを入れていると、和隆に連れられて小早川信人が現れた。

「ごめんね、朔海くん」

スーツ姿の彼はかなり疲れた顔をしている。睡眠不足なのか目の下にうっすらと隈があるし、覇気がなかった。

「いいえ。コーヒーどうぞ」

「ああ……朔海くん、天使」

「大げさです」

小早川は学生時代から少しも変わっていなかった。なにがあったわけでもないらしいが和隆に頭が上がらず、社会人になって何年もたつのに先輩後輩の関係のままだ。公の場では先生と呼んでいるそうだが普段は先輩呼びだ。

「ついでに打ち合わせもいいっすか」

「ついでかよ」

「あっ、いや言葉のアヤです！　打ち合わせお願いします……っ」

相変わらず立場は弱そうで、見ていてかわいそうになってくる。以前どうしてそんな態度なのか尋ねたところ、小早川は真顔で「遺伝子レベルでそうなってるんだ」と答えた。どう反応したらいいのかわからなかった。

そんな小早川はちらっと朔海の顔を見た。言いたいことは理解していた。

「仕事の内容知ってますけど、それでも席外したほうがいいですか？」

「し、知ってんの！」

素っ頓狂(すっとんきょう)な声を上げ、小早川は朔海と和隆を交互に見ている。彼もきつく口止めされていたのだろう。

「はい。読んだことはないですけど」

「そ……そっか。あー……そうなんだ……先輩、よく言いましたね」

「卒業したら言うつもりでいたんだよ」

実際はすでに知っていたわけだが、わざわざそれを言うことはなかった。和隆としては早く本題に入り、小早川を帰したいからだ。

退席はしなかったが、朔海はリビングではなくキッチンで明日のための仕込みをした。さすがに役にも立たないのに和隆の隣に座る気はない。

「次回は夏希ちゃんのシリーズでお願いします」

「あれか……あれな」

漏れ聞こえてくる言葉から、いくつかわかったことがあった。どうやら夏希というのはヒロインの名前で、彼女が出てくるシリーズが一番人気のあるシリーズらしい。そして主人公はあくまでカップルの男のほうなのだが、シリーズ名はヒロインの名を冠しているようだ。

「あの学校、事件起きすぎだろ」

「いいんですよ。行く先々で殺人事件に出くわす主人公だって世のなかにいっぱいいるんですから。こっちの学校はまだ殺人事件起きてないですし。あ、今度殺人事件起こします？」

「またジャンルエラーだって言われるぞ」

「いまさらじゃないっすか。ミステリーなんだかエロ系なんだかわからんとか言われてるんですし、そもそも男向けなのに女性読者が多いんですしね。ほんと不思議ですよ。僕っ娘ヒロインが一番売れるとか、どうなってるんですか」

「知るか」

和隆の反応からして口ぶりほど不本意ではなさそうだった。ただ複雑な気分ではあるらしく、どうにも歯切れが悪かった。

「やっぱ主人公が溺愛系鬼畜だからですかね」

「おい、どこが鬼畜なんだよ。普通に溺愛だろ」

「糖度の高い鬼畜って言ってる読者さんも多いんですよ。俺的には変態だなーこいつ、って思ってますけど」

「変態だと……？」

「だって義理とはいえ妹に手を出してますからね。いい年した大人が」

和隆の少し声が尖ったが、そんな変化に気付かないのか小早川の口は止まらなかった。微妙に空気が読めないところが彼が損をしている原因の一つなのだ。

気分を害したというほどではないものの、和隆のテンションは下がっていた。

「……別に大人なのはいいだろ」

「子供の頃からロックオンしてたのは冷静に考えるとヤバいっすよね。自分以外に目が行かないように小さい頃から洗脳まがいのことしたりとか、自分が教師やってる学校に入学させて同級生使って行動把握してるとか、お仕置きと称してエロいことしまくったりとか、いろいろ上手くごまかして格好いい感じに仕上げてるけど、よく考えるとそれって大人としても家族としてもどうかな、って」

「……」

珍しく和隆が押されているのを見て朔海は内心驚いた。不本意と顔に書いてあるのに反論しないのは、自分が書いたものを突かれると弱いということなのか。珍しいその姿を朔海は離れたところからまじまじと見つめた。

「あ、それで、そろそろ夏希ちゃん寝取られとかどうですかね？」

「却下」

「寝取られって言っても浮気とかじゃなくて、無理矢理系で」

「そういうのは、ほかでやってんだろ」

「夏希ちゃんで見たいって声もあってですねぇ……あー、じゃせめてギリギリのところで、って感じはどうです？」

「……考えとく」

唸(うな)るような返事が本当に嫌そうに聞こえた。

（もしかしてお気に入りなのかな）

和隆は比較的登場人物を突き放したスタンスで書いている印象だし、奈穂美もそう言っていたのだが、例外というものはあるのだろう。

納得して朔海は観音開(かんのんびら)きにした鶏胸肉にフォークで穴を開け、調味料に漬け込んで冷蔵庫にしまった。

「相手は複数でお願いします！　それで本当にギリギリを攻めてもらえたら嬉しいなーと思うんですけどもー」

「ギリギリね」

「はい。つまり突っ込む寸前で」

「……善処する」

「それと、もう一つのほうなんですが、ハードボイルドじゃなくて今度ミステリーかラノベでどうかって言われまして……あ、試しにですよ？　あっちを切られるとか、そういうことじゃないですから！」

　小早川の必死な様子が、フォローの言葉をまったく無意味にしていた。あまり事情がわからない朔海すら、ハードボイルドはもう書かせてもらえないのかな、と思ったくらいだった。

　和隆は淡々としていて、特にショックを受けたふうでもない。感情を隠しているのか、ある程度予想して覚悟を決めていたか、どちらかだろう。

　ふう、と溜め息が聞こえた。

「自分でもわかってたんだ。無理があったよな」

「そうですね」

　相変わらず正直と言おうか、ストレートな人だなと思った。昔から思ったことをそのまま口にしてよく怒られていて、さすがに社会に出て三十歳も超えれば直っているかと思いきや、そのままだった。

「おまえ、俺以外の作家にも迂闊(うかつ)なこと言ってんじゃないだろうな」

「言ってない……と思います、けど……いやあの、先輩はもっと軽快な感じのほうがあってるんじゃないかなって話です！　つまりあれですよ、キャラで押す系の！　本格推理とかは無理な気がするんで！」

「ああ、そうかよ」

怒ってはいないが相当呆れてはいるようで、和隆はソファに深々ともたれた。いよいよマズいと自覚したのか、それからすぐに小早川は逃げるようにして帰って行った。

「お疲れさま」

「マジで疲れた。いろんなものがゴリゴリ削られたな……」

溜め息をついて和隆は朔海の膝に頭を乗せた。

「推理小説書くんだ？」

「来年度の話な。その前に氷室がガッツリ入ってる」

「和隆さんてさ、エッチ系の書くときって実体験とか反映するほう？」

「いや」

「そうなんだ。付き合った人をモデルにしたことは？」

「ないことはないが、そのままってことはほとんどないな。顔浮かんだら書きにくい……ことも多いしな」

微妙な言いまわしだと思ったが、あまり突っ込んで聞きたい話でもなかったのでそれ以上は尋ねなかった。

それよりも和隆の手が気になってきたからだ。

「ちょっと待って。変な触り方するな」

朔海の腿に頭を乗せながら大きな手で撫でてくるのだ。くすぐったくて、ちょっと変な感じがして、ついもぞもぞしてしまう。

「くすぐったいか？」

「子供じゃないんだから、くすぐり攻撃とかやめろって」

「バーカ逆だ。子供にこんなことすると思うか？」

「……え？」

確かに膝枕は数年前からだし、むしろ子供の頃はくすぐってきたりなどしなかった。十歳頃まではたまに会うだけだったというのもあるが、一緒に住むようになってからのスキンシップも、いまとはタイプが違っていた。

高校生になったあたりからスキンシップが過剰になった気がした。

「和隆さんって、誰にでも……っていうか、親しい人にはこうじゃないの？」

「俺がおまえ以外にベタベタしてるのを見たことあるか？」

「ない、かも……」

昔付き合っていた彼女とは、もっと距離感があったはずだ。少なくとも朔海の見えるところではそうだった。それ以外の相手については顔も知らないのでなんとも言えないが、隣の姉弟にも小早川にも、和隆から触れているのは見たことがなかった。

ふと身体を起こした和隆が真剣な顔をする。

じっと朔海を見つめてくる目に、急にどぎまぎした。

「ほかの誰にだって、しない」

「……そ、そか」

「朔海だけが特別なんだ。甥だからとか、ずっと一緒に住んでるからとか、そういう意味じゃないぞ。意味わかるか?」

役目もなく投げ出していた手を取られ、指を絡めるようにして握られた。いわゆる恋人繋ぎ、というものだった。

恋人繋ぎ――。そう気付いて、心臓が跳ねた。向けられる視線がひどく熱を孕んでいるように見えて、どうしたらいいのかわからなくなって視線を逸らす。

朔海は奥手なほうだ。恋をしたことはあるが、誰かと付き合ったことはない。告白されたこともあったが、気持ちは動かなかった。

なのにいま、ひどく心が騒いでいた。

繋がった手が熱くて、そこにばかり意識が向かう。だが離してほしいとは思わなかったし、そう思う自分が意外だとも思わなかった。

「好きだ。朔海を愛してる」

いつもより甘い声がそう囁いた。

はっきりそう言われて意味がわからないほど鈍くはない。家族として、なんて勘違いするほど愚かでもない。

ぶわっと一気に血が上るのがわかった。

恐る恐る和隆を見ると目があって、そのまっすぐで臆することもない目に捉えられてしまう。視線を外すことも出来なかった。

「本気だぞ。冗談や嘘で言ってるわけじゃない。卒業したら、言おうと思ってたんだ。本当は昨日言うつもりだったんだが……ちょっとな」

朔海が別ペンネームの件を知っていたと返したことで、和隆も少し動揺したらしい。予定が狂ってこちらの告白まで至れなかったようだ。

「……好きって、ほんとに？」

「こんな嘘ついてなんの意味があるんだ」

「そうだけど……でも……」

「昨日今日の気持ちじゃないし、茶化すのはなしだぞ」

「う、うん……」

真剣な告白だというならば当然そのつもりだ。ただにわかには信じられないのも仕方ないこと

だろう。

「知らなかった……」

「だろうな」

握られたままの手を気にしながら、ぽつりぽつりと言葉を吐き出した。ようやく少しだけ視線を外し、和隆の肩や自分の膝のあたり、はたまたリビングの壁を見ては冷静さを取り戻そうと努めた。

「えっと、いつから……？」

「さぁ、気がついたらだな。最初はただの叔父バカだったんだけどさ。うちの朔海が一番可愛い、ってな」

本当に叔父バカだなと思って笑ってしまう。心のなかで思っているだけではなく、実際に言われたことがあったからだ。可愛い、賢い、いい子だ、偉い――。とにかく褒めて褒めて、褒めまくられた記憶しか朔海にはなかった。

それがずっと嬉しくて朔海はいろいろなことを頑張った。成績がいいのも、家のことを一生懸命やっていたのも、すべて和隆が喜んでくれるからこそだ。

「自覚してからも、実は多少抵抗してたんだ」

「抵抗？」

「何回も自問したよ。朔海のことを考えすぎて、勘違いしてるんじゃないかって思って、女と付き合ったりもした。続かなかったけどな」

数年前のことだとすぐにわかり、朔海は苦笑する。和隆は絶対に相手を家には連れてこなかったが、何人かと引き合わされたことはある。そのうちに朔海に会わせることはしなくなり、連絡を取りあっているところも見せなくなったが、その後も何人かの女性と付き合っていたのは気配として感じていた。

ぱったりとなくなったのは三年ほど前だ。夜間の外出も、香水や化粧品の匂い移りもなくなったのだ。それが和隆の言う「抵抗」の終わりだったのだろう。

「で、どう足掻(あが)いても朔海に惚(ほ)れてるって腹くくって、いずれ口説(くど)き落とすって決めて、高校卒業まで三年くらい待ったわけだ」

「……はぁ」

「反応薄いな」

和隆の苦笑を見て、慌てて言い訳を口にした。

「だって、実感乏しいっていうか……いや、ちゃんとわかってるけど……かなりテンパってて、なんか……思考停止しちゃってる感じで……」

頭のなかはすっかり飽和状態で、後からどっといろいろな感情が押し寄せて来そうで怖かった。はっきりしているのは嫌悪感はない、ということだ。

繋いだ手はそのままでいいと思えるほどには。

「引いてないか？　気持ち悪いとか……」

「ないよ。あり得ない」

自分が和隆に嫌悪感を抱くなんてあり得ないのだ。彼が叔父バカである以上に、朔海は叔父が大好きなのだから。

だがそれは恋愛感情ではない。それもまたはっきりしていた。

だからひどく申し訳ない気持ちになった。

「……和隆さんのこと好きだけど、種類が違うと思う……」

「そうだな」

あっさりと頷く和隆は、傷ついているようには見えなかった。朔海の答えなどは最初から予想していたと言わんばかりだ。

拒否されるのを承知の上で告白したのだろうか。諦めているというのならば、離さないこの手はなんだろうか。

疑問に思いながらも、朔海はゆっくりと言葉を選んでいった。

「恋人になれるとは思えないけど……和隆さんが結婚するまでずっと一緒にいる、っていうんじゃダメかな」

「俺的にはダメだな」

「……ダメなんだ」

「求めているものが違うんだよ。ずっと一緒にいるのは大前提で、ただの甥と叔父として暮らしたいわけじゃない。叔父じゃなくて、恋愛対象として見てほしい」

和隆の顔がまっすぐに見られなかった。それでも彼がどんな顔をしているのか、どんな目をしているのかが手に取るようにわかってしまう。

さっき見た、ひどく熱と色気を孕んだ和隆の顔を思い出した。そして怖いくらい真剣な雰囲気。朔海は慌てて頭からそれらを追い出した。

「……急には無理」

「じゃあゆっくりでいい。俺が欲しいのは、朔海の心。と、その上で身体」

「か……身体って……」

びくっとして繋いだままの手を引っ込めようとしたが、指が絡んでどうにも外れない。動揺している朔海に、和隆はふっと笑った。

「惚れた相手を抱きたいと思うのは普通だろ？」

「……男同士でも？」

「男同士でも」

きっぱりと肯定されて、朔海は目を泳がせた。

「いや、でも……同じ作りだよ？　おっぱいないし……」

「乳首はついてるだろ」

「言い方がストレート過ぎるよ！」

こんなふうに言われてしまうと、それが弄られるのだということが否応なしにわかってしまう。男同士のセックスなんて想像したことなかったが、一気に身近になってしまった気がする。

「無理矢理襲ったりしないから、安心しろ。そこは信用しろよ？」

「わ……わかった。信じる」

「俺から逃げるために一人暮らしするなんてのは、なしだぞ」

「……うん」

和隆は朔海を逃がすつもりはないようだった。次々と先手を打たれ、目を泳がせながらも頷いてみせる。

だが納得はしてもらえなかったようだ。

「その返事じゃ離せないな」

さらに手を強く握られて朔海はうろたえた。頭の片隅にあった一人暮らしへの考えを見事に見透かされてしまったのだ。

「わかったから……！　うん、ここにいるからっ」

何度も頷いて、ようやく手を離してもらえた。

そのまま逃げるようにして二階の自室へ飛び込み、電気を消してベッドに入った。心臓がバクバクと騒がしくて、なかなか落ち着かない。ソファに座ったまま見送っていた和隆の目は笑っていたような気がした。

(好きって……和隆さんが僕のこと好きってなに！)

和隆の言葉の一つ一つ、そして視線や仕草が脳裏から離れていかず、何度も繰り返して再生されていく。

いつまでたっても朔海は眠れなかった。

冷静なつもりでいたが、まったくそんなことはなかったと思い知った夜だった。


寝不足の頭を抱え、翌日は和隆と出かけることになった。

今日に限っては仮病も使えず、気まずさと動揺を抱いたまま部屋を出て、リビングで新聞を読む和隆と対面した。

「おはよう」

まったくいつもと変わらない和隆を見て、少しだけ肩の力が抜けた。

「おはよ」

「十時には出るぞ」

「うん」

拗ねたようなもの言いになってしまったがフォローする気はなかった。まぎれもない事実だからだ。

和隆がむしろ嬉しそうに笑っているの見て、フォローなんて必要なかったと悟った。

「その顔、ムカつく」

「悪いな。素直に嬉しかったんだよ」

「なんで」

「眠れないくらいには意識してもらえた、ってことだろ。ふーんそうなのか、って感じであっさり寝られたら虚しいだろ」

「意識とかじゃなくて、びっくりしただけだし」

「はいはい。顔洗って、メシ食え」

「……はーい」

一度洗面所に行って鏡を見ると、あからさまに睡眠不足という顔だった。それから用意されていた朝食を食べ、身支度を整えて家を出る。用意と言ってもコンビニで買ってきたサンドイッチが置いてあっただけだ。

今日はこれから両親の墓参りに行く。だからどんなに寝不足でも出かけないわけにはいかないのだった。

和隆が運転する車に乗り込んで、一時間ほどかけて墓地へと向かった。少し遠いのは、生前父親が気に入って購入した場所だからだ。景色がいいのだと言っていたが、墓参りをするほうの身にもなってくれ、と以前和隆がぼやいていたことを思い出した。

その車中で、朔海は昨夜生まれた疑問をぶつけてみることにした。

「えーと、昨日の話の続きっていうか、一晩たって聞きたいことが出来たんだけど……聞いてもいい？」

「どうぞ」

「和隆さんは女の人が嫌になっちゃったわけ？」

悶々と考えているうちに浮かんだ疑問がそれだった。

和隆という男は付き合っている女性に対していつも冷淡だった。甘い顔も言葉も向けていなかったようだし、自分から積極的に会おうともしていなかった。少なくとも朔海が彼女たちの存在に接するようになったときには、もうそんな状態だったように思う。

「それは違う。おまえが好きなんだよ、ほかの男なんかあり得ないっての」

「ふーん……」

「つーか、相手限定でも両方いけることになるのか？」

「僕がそういうこと知るわけないだろ。和隆さんより確実にわからないって」

「確かにな」

「官能小説家のくせにわかんないんだ？」

「いやいや、俺はゲイは書かないからな。なんかそれっぽいって言われたことはあるけど、ハードボイルドってわりとそういうこと多いもんだし」

朔海は和隆のハードボイルド小説はすべて読んだが、確かに男の友情が熱すぎてあやしく思えたことが何度かあった。主人公はヒロインより親友のほうが大事そうだと思ったこともあったし、距離感が微妙だった。

「多いの？」

「敵方の男が主人公を拉致して掘ったりとか、わりと重要なポジションのおっさんに男の愛人がいたりとか、やたら艶めかしい美男子が出てきて無駄に色気振りまいたりとか、マジでよくあるんだぞ」

和隆は作家名と作品名をいくつも挙げて説明した。とりあえず朔海は和隆以外の人が書いたハードボイルド作品は読まないようにしよう、と思った。もともと暴力描写は苦手だし、率先して読むつもりもなかったが。

そしてふと我に返った。

「なんか話がズレまくってる」

「そうだな。とにかく今後、俺はおまえ以外と付き合う気はないし、家を出たい理由が俺への遠慮だったら、その必要はまったくない。わかったな」

「わかったけど……そんなに何度も確認しなくても、出てく気はないよ？」

「心配なんだよ。あのときは柄にもなく動揺したからな」

「柄にもなく、でもない気もするけど……」

和隆の自己認識と実像のあいだにはズレがあるらしい。朔海が思うに、和隆はクールではないし、感情もよく動く人だと思うからだ。もちろん落ち着きはあるし、なにか起きたときには冷静に対処しているのだが。

朔海が一人暮らしの希望を口にしたときも、本人が言うほど動揺していなかったように思えた。実に冷静に、淡々と説き伏せられたという記憶しかない。

「人いないね」

お彼岸(ひがん)の前ということもあり、墓参りに来ている人はまばらだった。

掃除をして、途中で買った花を生(い)けて線香をあげて、二人で手をあわせた。心のなかで、高校卒業の報告をした。

今日はぽかぽかとした陽気だ。この墓地はどこも日当たりがよく、高台にあることもあって風が心地いい。一目で気に入ったという亡き父の言葉にも納得だった。

ただし駐車場からの道のりが険しい。傾斜面にあるので、坂道を上ってきたというよりは山登りに近かった。

さてそろそろ帰ろうかというとき、ふいに和隆の声が聞こえてきた。

「兄貴、義姉さん。朔海をもらう予定だけど、必ず幸せにするんで、寛大に受け止めてくれるとありがたいです。保護者に徹しきれなくて申し訳ない」

「ちょっ……」

「よし、墓前に誓ったぞ」

やり遂げたという顔を見て、朔海は苦笑した。本気なんだということが否応なしにわかってしまう。疑っていたわけではなかったが、墓前に誓うというのはやはり相応の覚悟があってのことだろう。

なんて言ったらいいのか、言葉に詰まった。

「行こうか」

「あ、うん」

車に戻りながら、朔海はちらりと和隆の顔を見やる。

(格好いい……うん、それはずっと前から思ってた)

ある意味、朔海の初恋の相手なのだ。三歳という早い時期の恋——と言っていいかどうかもあやしいものなので、実は朔海自身は覚えていないのだが、母親から話は聞いている。

親が再婚して、朔海は和隆に出会って、優しくてよく遊んでくれる和隆にあまりにも懐きすぎ、結婚するとまで言い出したらしい。現実を知る前に結婚云々は言わなくなったそうだが、以来ず

っと和隆に懐いていたことは間違いない。

両思いの経験がない朔海には、恋愛は未知の領域だ。自分が好きな相手が自分のことを好きだなんて、そんな奇跡的なことがあり得るのかと思ってしまう。

それに長続きする恋愛というものに、朔海はあまり縁がない。

まず母親には離婚歴があるし、再婚したのも朔海のために父親を……という意味合いが大きかったように思う。隣の奈穂美も離婚しているし、実はその母親の三奈子も二度の離婚を経験していた。正晴は過去に彼女が三人いたが、いずれも一年以内に別れている。

そして朔海を遠ざけようと必死だった彼女も、和隆と別れてすぐに別の男と腕を組んで歩いているのを目撃したことがあった。

もちろん破綻(はたん)せずに関係を続けている人たちがいることも知っている。知っているが、身近な存在ではなかった。

（和隆さんだったら……って思わないこともないんだけど……）

好きであることには違いないのだ。いまは恋愛対象に思えないが、和隆が望むなら恋人になってもいい気もする。

だがもし、それで破綻してしまったら、どうなるのだろうか。

（一度付き合ってダメになったら、その後も一緒にいられるもの……？ 気まずくて疎遠になっちゃったりしないのかな）

考えごとに没頭していたせいか、気がつくと和隆よりもずいぶん遅れていた。少し先で立ち止まり、和隆はなにも言わずに待っている。

彼との関係のことであれこれ考えているのはわかっているのだろう。だからなにも言って来ないのだ。

そのまま黙って追いついて、車に戻った。さっきよりは停めてある車が増えていた。

「いい天気だな」

「どうしたの突然」

思わず空を見上げてから和隆を見た。確かに雲も少なく、きれいな青空が広がっている。昨日見た天気予報でも降水確率はゼロだったはずだ。

「いや、デート日和だと思ってさ」

「デートって、叔父と甥でするものじゃないよね」

「恋人になる予定の二人ならありじゃないか」

「勝手に予定組まれても困るよ」

「まずは意識させないとな。和隆さんは保護者じゃなくて、彼氏になる人ですよ……ってさ。安心されるのも困るんだよ。俺がオスだってことをわかってもらわないとな」

和隆は助手席のドアを開け、朔海に乗るよう促した。戸惑いながらもシートに座ると、丁寧にドアが閉められる。

これは彼女扱いということなのだろうか。

「僕だって男なんだけど」

運転席に収まった和隆に文句を言うと、すました顔で彼は頷いた。

「わかってるよ。別に女扱いしてるわけじゃなくて、いろいろ尽くしますよっていう意思表示みたいなもんだ」

「家のこと全然しないくせに」

「確かに。ま、そのうち改善するから期待しててくれ」

「しないで待ってる」

いまさら和隆が家事をするなんて思っていなかった。むしろ朔海の仕事が増えそうだからやめてほしいとさえ思う。

駐車場を出た頃には昼近くなっていた。

「それで、どこへ行く？」

「え？」

「デートの話。メシ食って買いものでもするか？　映画でもいいし、久しぶりにテーマパークでもいいぞ」

「和隆さんと二人で行ったのって、中一のときが最後じゃなかった？」

デートの部分は聞き流すことにして、朔海は懐かしさに目を細めた。泊まりがけで行って、二日間のパスをフル活用して朝から晩まで遊び尽くした記憶が蘇った。

「あれはかなり疲れたな」

「うん。楽しかったよね。隣んちと行くのも楽しいけどさ」

奈穂美が娘を連れていく際に、必ず朔海に声をかけるのだ。ようするに娘の優希菜が懐いている朔海を参加させて少しでも楽をしようという魂胆なのだが、チケット代を出してくれるので喜んで参加している。その際、和隆はついて行かないのが常だった。

「また二人で行こうか」

「さすがにこの年になると、男二人ってのはどうかなぁ……」

そうでなくても目立つ和隆だ。こんな長身の男前がいかにも十代の朔海をつれていたら、あやしい以外のなにものでもないだろう。普段はともかく、テーマパークでは悪目立ちしそうで気乗りしない。

「無難に映画でも観るか」

「いいよ。その前にランチね。腹減ってきちゃった」

朝食を食べてからまだ三時間もたっていないのだが、サンドイッチはすっかり消化してしまったようだ。特に小食でもない朔海にとってコンビニのサンドイッチが一袋というのは、そもそももの足りなくもあったのだ。あえて軽くすませたのだが。

「なにがいいんだ？」

「豚骨系のラーメンか焼き肉！」

「若さを感じるセレクトだな」

「自分だってガッツリ系好きなくせに」

むしろ朔海より和隆は食べるくらいだ。体格が違うとはいえ、朔海はまだ十代だというのに負けている。それだけではない。ジムで身体を鍛えているだけのことはあって、筋力でも持久力でも朔海はまったくかなわないのだ。

「近そうなところを探せよ」

「うん」

スマートフォンで検索をかけながら、朔海はこれってデートなのかなと首をかしげた。

添島家の大黒柱、三奈子はシルバーアクセサリーの製造と販売の会社を経営している実業家だ。自宅から一番近い繁華街に店舗を出して、知名度を上げることにも成功し、一部のモデルや芸能人にも顧客がいるという。

そんな店で、朔海はアルバイトを始めることになった。もちろん作る技術などないので販売員としてだ。

店の広さは五十平米ほどで、中央にはショーケースが置いてある。ここには高額の商品が収められているのだ。ピアスなどは一番安いもので千円を切る商品がある一方、ウォレットチェーンの最も高いものは二十万円を超えている。この店では、ある程度の価格のものはケースに入れられて、店員に言わないと触れられないようになっていた。

「僕はこういうのが本当は好きなんだけどさ」

手にしたのはスカル――つまり骸骨(がいこつ)デザインのゴツいリングだ。こういうのを何個も着けたり、太めのウォレットチェーンなどを着けたりしたいのだが、いかんせん似合わない。ちゃんと自覚していた。

「ちょっと違うよな」

「知ってるよ」

少しだけねたみの視線を正晴に向ける。

彼は朔海が好むタイプのアクセサリーをしてもまったく違和感がない。きっと和隆も似合うことだろう。

正晴も朔海と同じく今日からアルバイトだ。ただし以前も手伝ったことがあるらしく、店員とも顔なじみだ。

「なにが違うんだろ。身長じゃないよね。顔？」

「雰囲気だろ。おまえは、こっち」

細いタイプのリングには小さな十字架が付いているものだ。女性が着けてもいいようなデザインだった。

「そうね。じゃあ朔海くんはそれと……チョーカーかな」

今日は店長の奈穂美が店に出ていて、彼女から仕事を教えてもらうことになっている。母親はたまにしか店に顔を出さず、基本的にはオフィスにいるらしい。五歳の娘を幼稚園へ迎えに行くのは交代で、たまに正晴も行っているようだ。

店員として朔海も商品をいくつか身に着けることになり、言われるままに渡されたものを着けていった。最初から私物のブレスレットをしていたので、計三点だ。チョーカーは黒い革にリングと同じ十字架が付いているものだった。

「うん。バッチリ」

「これ見たら和隆さん、即買いしそうだよな」

「よし、見せよう。にしても、なんなの？　和くんのあれ」

「……気分転換じゃないかな」

実はいま、隣のビルの五階に和隆がいる。そこはインターネットカフェになっていて、今日は愛用のパソコンを持ち込んで仕事をするのだという。

当然、ここへ来るまで一緒だった。帰りも店が引けたら隣の一階にあるコーヒーショップで落ち合うことになっていた。

「過保護にもほどがあるよねぇ」

「なんか拍車かかってねーか？」

「確かに。なにかあった？」

姉弟にじっと見つめられ、つい目を逸らしてしまう。これでは肯定したも同然で、しまったと思ったときには遅かった。

「そ、そろそろ開店じゃ……？」

「あと十分あるから大丈夫」

今日は新人アルバイターにいろいろな説明をするために、結構早めにここへ来たのだ。朔海にとってはそれが災いした。

「で？」

「いや、なにも……」

「はい嘘。朔海くんが嘘つくときの癖ね。人の顔まっすぐ見られない上に、手をにぎにぎしちゃうの」

　十五年の付き合いというのは厄介だと思った。しかも奈穂美は昔からやけに聡いと言おうか、察しがいい人なのだ。良すぎると思うほどに。

「諦めろ、朔海。相手は姉貴だぞ？」

「う……いや、あの……」

「和くんにコクられちゃった？」

「なんでそれっ……！」

　目を剝いて奈穂美を見ると、美しい顔がにんまりと笑った。せっかくの美人が台無しの笑顔だった。

「あ、やっぱり。そうじゃないかと思ってた」

「うわ、マジか。とうとう言ったんだな」

　目の前で二人はうんうんと頷くのみで、驚いた様子は微塵もなかった。そうして合点がいく。弁当を持ってやってきたときの彼らの様子は、和隆の気持ちを知っていたがためのものだったのだと。

「もしかして和隆さんから聞いてた……？」

「というか何年か前に白状させたの。もしや、って思ってね。で、せめて高校卒業まで待つようにってことになったわけ」

ただ気付いていただけでなく本人と話していたと聞き、朔海はなにを言ったらいいのかわからなかった。

結構年が違うはずなのだが、彼らの関係は同等だ。昔から仲もよく、朔海自身も幾度となくお似合いだと、いっそ結婚してしまえばいいのにと思ってきた。和隆の気持ちは知ったばかりだが、果たして奈穂美はどうなのだろうか。急に気になった。

「平気なんだ？」

「なにが？　男同士だってこと？」

「それもだけど……」

「別に平気よ。受け入れるの厳しそうだなって思うのは、自分の父親の場合だけかな。や、もう亡くなってるから可能性はないんだけどね」

そのあたりのこだわりは朔海にはわからなかったが、疑問は浮かんだ。

「弟はいいんだ？」

「相手によるかなぁ。ものすごく性格の悪い嫁よりは、うんと性格がいい男がいいかなって感じ。弟のパートナーとは仲よくしたいからね。あ、朔海くんとかだったら大歓迎」

「ちょっ……怖いこと言うな！」

正晴は必死の形相だ。そこまで同性相手――あるいは朔海相手が嫌なのかと思っていたら、正晴は落ち着かない様子で周囲を見まわした。

開店前なので店の入り口はしまっているし、外からは見えない仕組みだ。なにを怯(おび)えているのだろうかと思った。

「大丈夫よ。いくらなんでも隣のビルにまで聞こえないでしょ」

「え、それってもしかして和隆さんのこと？」

「ほかにいねーだろ。冗談でも俺とおまえがどうのとか言うなよ？　あの人の耳に入ったら俺の明日が危ない……」

「大げさだなー」

朔海は思わず笑ってしまったが正晴は真剣そのものだ。いまも意識を隣のビルのほうへと向けている。朔海からすれば過剰反応でしかない。

「とにかく、いまの話はここだけだぞ。で、二度と言うな。姉貴もだぞ」

「はいはい」

「わかったよ」

だんだんと正晴がかわいそうになってきたので頷いておく。どのみち自分からあえて話したいことでもない。

「ところでさ、朔海くん。やっぱり参考までに氷室のどかを読んでみたら？」

がらりと話題は変わり、奈穂美がいつものようにぐいぐいと押してきた。よほど読ませたいらしい。

朔海は苦笑して軽く手を払うように振った。

「えー、いいよ」

「はまるかもよ？」

「おい、そろそろ開けねーと」

「あ、そうね」

正晴の助け船のおかげで朔海は解放された。実際のところ助けてくれたのか、単純に職務に忠実だったのかは不明だ。

朔海は人生初のアルバイトに意気込み、緊張しながら最初の客を待った。

店を開けて十数分で、大学生くらいの男がふらりと入って来た。顧客らしく、奈穂美が親しげに声をかけた。

「見本来てるけど、見る？」

「マジ？　見る見る」

カウンターに寄っていった客は、奈穂美と新作のリングについて話し始めた。

いかにもシルバー系のアクセサリーが似合いそうな客だと思った。和隆ほどではないが長身で細身で、ヘアスタイルにもファッションにもかなり気を遣っている。顔立ちが整っているわけではないが、センスと雰囲気で格好良く見せているタイプだ。

そういう客が、開店してしばらくたつと次々とやってきた。年齢層は十代後半から二十代なかばが多いが、それより上の年代も珍しくはなかった。

「あれ、新しいバイト？」

慣れた様子で入ってきた男性客は朔海に気付くと相好を崩し、にこにこ笑いながら話しかけてきた。

「はい、そうです。えっと、新作の見本が届いてるそうなんですけど、ご覧になりますか？」

「ほんと？　見せて」

さっきの客はもう帰ったので、朔海は新たな客を奈穂美のところへ連れて行く。もう一組の客はカップルで、さっきから仲がよさそうにペアのアクセサリーを見ているので正晴は遠慮して声をかけていない。

予約スタートの初日とあって、それからも次々と顧客が来店し、そのほとんどがなにかを予約していった。顧客のなかには見慣れない店員の姿に反応を示す者もいたが、大抵は気にした様子もなく商品や見本を見て、用事がすむと帰って行く。新しい人を入れたのかと言及する者は数人だった。

「あの、すみません」

「はい。なにかお探しですか？」

正晴が二人連れの女性客に声をかけられ、ケースのリングを見せることになった。さっきから女性客の多くは一様に正晴に接客を求めている。学校では少々怖がられていた彼だが、基本的な造作はいいので、営業スマイルを浮かべると途端に異性が寄ってくるらしい。朔海のところに来たのは、彼氏の誕生日プレゼントを買いに来た同じ年くらいの女の子だけだ。本人はここの商品を身に着けそうもない子だった。

そうやって昼過ぎまで働いて、朔海は正晴より一足先に仕事を終えた。午後から別の店員が入ったので交代したのだが、正晴は夕方まで仕事をするという。初日ということで朔海にはずいぶん配慮がなされているようだ。親しい間柄とはいえ、雇ってもらっている上にこれでは申し訳なくなってしまう。

隣のコーヒーショップへ行くと、和隆が注目を浴びながらコーヒーを飲んでいた。そうしてすぐに朔海に気付き、席を立って近付いて来る。

「時間通りだな」

「うん。っていうか、終わったら僕が連絡すればいいことだよね。わざわざここで待ちあわせる必要なくない？」

「いいんだよ。それより腹減ったろ」

「減った。もう少しで、お客さんにグーグーいってるの聞かれるとこだったし」

「だったら待ち時間は少ないほうがいいな。このへんは詳しいんだ」

なぜ詳しいのかは聞かず、朔海はおとなしく和隆についていった。だいたいの予想はつくからだ。どうせ元の彼女やそれ以外の女性と行ったのだろう。

そう思ったら少しモヤモヤとしたが、店について美味そうな料理が目の前に並ぶ頃には、きれいさっぱり忘れてしまっていた。

春休み中のアルバイトは週に五日だったが、さすがに大学が始まってからは週に一日か二日、それも短い時間に変えてもらった。これは雇い主——ようするに三奈子からの配慮で、大学生活に慣れてきたら時間と日数を増やすことになっていた。

結局のところ、和隆は本当に毎回朔海と一緒に家を出て、隣のビルで仕事をしていた。おかげで原稿がはかどったと言われたし、帰りに買いものをしたり食事をしたりするのは楽しかったが、普通じゃないことは確かで、いろいろと思うところはあった。

入学式の日も和隆はなかなかの過保護ぶりを発揮した。保護者が会場に入れない決まりだったので近くのカフェで時間を潰して待っていた。別の場所で保護者は中継を見られたようだが、さすがにそこに混じる気はなかったらしい。別の大学に進んだ正晴は一人で行って帰ってきたそうで、奈穂美にも過保護だと笑われてしまった。

そう、朔海は初めて一人で学校という場所に入ったのだ。これまでは、幼稚園から高校まで、ずっと正晴と一緒だったからだ。

さすがに緊張したし心細さもあったが、多くの学生は同じ状態だと思いながら座っていたら、気のよさそうな新入生に話しかけられたので、以来なんとなく行動を共にしている。村脇伸一（むらわきしんいち）といい、背丈がだいたい朔海と同じくらいで少し安心してしまった。どうにも身近な二人が長身なので、話すときに目線が同じなのは嬉しかった。

「室永は知り合いとかいねーの？　地元でしょ？」

少し話して帰ろうということになり、村脇とカフェテリアという名の学食に来たのは三十分ほど前だ。

「地元じゃないよ。通学時間、三十分はかかるし」

「俺からしたら、それくらい地元だよ。なんたって俺、十二年ぶりの東京だからさー、知り合い一人もいねーの」

村脇は生まれは東京だが、父親の転勤であちこち転々とし、この春にまた家族で東京に戻ってきたのだという。

「僕もいないようなものかなぁ。一応、同じ学校から来てる人はいるらしいけど、全然親しくないから」

同じクラスになったことがない女子が別の学部にいるそうだが、正直なところ顔も名前も知らなかった。ただ情報として正晴から聞いただけだった。あるいは実際に会えば顔くらいはわかるのかもしれないが。

「それ、格好いいな」

「え？　ああ、これ」

「雑誌で見たことある気がする。もしかして〈ラグナロク〉？」

「うん」

「やっぱりかー。ここのって、ソーマがよく使ってるよな。俺さ、インディーズのときからファンでさー」

そこそこ人気のあるロックバンドのボーカルが店の顧客だという話は以前から聞いていたが、朔海はいまだにどんな曲を歌っているのかを知らない。目の前で盛り上がっている彼に、アルバイト先だとは――まして親戚のような付き合いをしている人がオーナーだとは、なかなか言い出せなかった。

「室永はソーマと関係なく〈ラグナロク〉が好きなんでしょ？」

「うん」

「ちょっと意外。こういう系とはあんまり関わりなさそうなのに」

村脇は朔海の服装や髪型、あるいは顔立ちをさっと見まわしてからそう言った。

「これでもすごく好きなんだよ。出来れば、ゴツめのスカルリングとかしたいくらい」

「超似合わない」

「知ってるよ。だから諦めてたし」

好きなファッションにあわせて自分を変えようとまでは思っていなかった。下手をすれば痛々しくなってしまうと理解しているからだ。

「それもいい感じだけどな。あ、今度一緒に行こうぜ。通販で一個だけペンダント買ったんだけど、本当はリング欲しくてさ。やっぱリングはしてみないと」

「あー……」

「ん？　どーした？」

黙っているつもりだったのだが、誘われてしまってはそうもいかない。

現在のところ〈ラグナロク〉は都内に一店舗しかなく、行くとすれば朔海のアルバイト先になる。この場をごまかしても村脇の勢いを見るに今後何度も誘われそうだし、そのたびに理由をつけて逃げるのも不自然だろう。そもそもどうしても隠しておきたいことでもないのだ。

「えーと、実はバイトしてるんだよね」

「え？」

「いまちょっとお休み中なんだけど大学に慣れたら復帰することになってて」

「って、まさか〈ラグナロク〉でバイトってこと？」

「うん」

「マジか……！　え、そこまで好きなの？」

案の定、村脇は目を輝かせた。

「ちょっと知り合いのツテというか……」

「そうなんだ」

「――へぇ、知らなかったなぁ。室永って〈ラグナロク〉でバイトしてたんだ？　イメージじゃないよな。今度行ってみようかなー」

　急に声がして振り向くと、見覚えのある男が立っていた。ひょろりと背が高く、まとう雰囲気も話し方も、いかにも軽薄そうだ。

　この男の顔は知っている。同じ高校出身だが話したことはない男だった。

(正晴が言ってた隣のクラスのなんちゃってイケメンだ……)

　学校ではイケメンだの格好いいだのと言われて女子からの人気は高かったようだが、朔海からすればかなり作り込まれているという印象だ。ヘアスタイルと服装でのプラス要素が大きく、よく見れば顔立ちそのものは整っているとは言いがたい。だがいまどきの「イケメン」ではあるのだろうと思った。

「見せて。俺も〈ラグナロク〉いいなって思ってたんだ」

　馴れ馴れしく話しかけながら勝手にブレスレットに触ってきて、ついでのように手の甲まで撫でられた。慌てて手を引っ込めたが鳥肌が立つのは止められず、自然と朔海の対応はキツいものになった。

「……ここの学生じゃないだろ？」

「まぁね。今日はちょっと知り合いに会いに来ただけ。室永がここだってのは知ってたけど、まさか会えるとは思わなかったな」

なんで知っているのかと、朔海は眉をひそめた。朔海はいちいち人の進学先までは覚えていない。親しい相手だとか、よほどいい大学や特色のある学校という、強く印象に残ることでもなければ。

「知り合い？」

おずおずと村脇が尋ねた。朔海の発する刺々しい空気に気付き、友達ではなさそうだと判断したようだ。

「……同じ高校の……なんだっけ」

「マジで言ってる？　うわ、あり得ねぇ。三年間同じ学校だったのに俺の名前知らないとか、ないっしょ」

「なにあんたって有名人だったの？」

村脇の疑問はもっともだし、朔海もそう思った。興味のないことにはとことん意識を向けないタイプな上、常に近くにいた正晴は噂話などをしないので、朔海は学校内での事情にかなり疎かったのだ。

「有名人っていうか、わりと目立つほうだったと思ってたんだけどね」

「顔と噂は知ってるよ。でも興味ないから名前とかは知らない」

「佐山だよ。佐山秀司」

かなりおもしろくなさそうに佐山は口を尖らせた。知っていて当然という態度がよくわからなかった。

「ところでさ、卒業式のときに来てたイケメンって何者？」

いきなりの話題に朔海は眉根を寄せた。あのとき朔海たちを見ていたのか、人が話しているのを聞いたのかは不明だが、不快感が芽生えたことは確かだった。だいたいイケメンという言い方が朔海は気に入らない。

言葉だけ聞いたら目の前にいる佐山と同格のようではないか。一緒にするなと言いたいのを我慢して、不機嫌な声を出した。

「叔父だけど」

「へー……噂はマジなんだ」

「噂ね」

このあたりのことは正晴から聞いて知っているが、卒業式の後、素顔を晒してきちんとした格好をした和隆を見て、あれは誰なんだと大騒ぎになったらしい。質問は当然のようにあの場に残った正晴に向けられ、事実を告げてかまわないとあらかじめ言われていたらしい彼は、朔海の保護者である叔父だと答えたという。

「そろそろ行こうぜ」

空気を読んだ村脇は、いきなり音を立てて立ち上がった。

「あ、うん。それじゃ」

そそくさとカフェテリアを後にし、外へ出たところでほっと息をつく。佐山はおもしろくなさそうな顔で見送っていたが、約束があると言っていたこともあってか引き留める言葉はなかった。そもそも理由もないのだろう。

「なんだあれ、引いたわー。自意識過剰なの？　ナルシストなの？　勘違い野郎なの？」

「ほんとによく知らないんだ。友達の話だと、女の子取っ替え引っ替えしてたみたいだけど」

「あーはいはい。納得しました。女の敵で、俺にとっても敵ってことだな！　呪ってやる、もげてしまえ」

明るい口調で結構なことを言い放ってから、村脇は急になにか思いついた様子でふたたび目を輝かせた。

思わず朔海は後ろに下がりそうになってしまった。

「時間ある？」

「あるけど……」

「俺に〈ラグナロク〉デビューさせて！」

「デビューって、なんだそれ」

予想した意味合いのことを言われたのだが、その言い方になんとも気が抜けた。どうやら村脇にとっては大きなイベントごとのようだ。

「一人で行く勇気ないんだよー。一緒に行ってーお願い。ソーマは好きなんだけど、ああいう客とか店員とか怖いんだもん」

「もん、って言うな」

可愛くない、と思いながらも、村脇の気持ちは少しわかった。朔海だって正晴や奈穂美がいなかったら、店に入るのは躊躇しただろう。平気な人のほうが多いのだろうが、朔海は一人でファッション関係の店に入るのは気後れしてしまうタイプだ。

「わかった」

「やった」

途端に足取りが軽くなった村脇を連れ、朔海は奈穂美がいるだろう店に向かった。今日は彼女が出る日だったはずだ。もしかしたら正晴もいるかもしれない。過剰に気を遣われている朔海とは違い、肉親である正晴は容赦なくこき使われているからだ。朔海に関しては、裏で和隆が話を付けていることも大いに考えられる。

いずれにしても、そろそろアルバイトに復帰しようと思っていたので、今日その旨を伝えようと思っていた。

電車での移動中、村脇に好きなバンドのことを熱く語られた。勢いに押されながら店まで辿り着き、気分としてはこっそりとドアを開けた。

「あれ……？　どうした？」

　思った通り正晴はシフトを入れられていた。来るはずのない朔海と、その後ろからおずおず入店した村脇を見て、不思議そうな顔をしている。

「大学の友達。リング欲しいって言うから付き添い」

「あ、どうも。いらっしゃいませ」

「あ、はい。よろしくお願いします」

　挨拶が妙だが、あからさまに緊張しているので仕方ないだろう。正晴は大人びているので、同じ年だと思っていないに違いない。

「僕らと同じ年だよ。あ、正晴っていうんだ。ここのオーナーの息子」

「ええっ……！　じゃ知り合いって……」

「あ、知り合いはオーナーも。お隣さんなんだ」

「マジかぁ……」

「そろそろいいかなー？　朔海くん、おいでおいで。お友達も。正晴、リングいろいろ出して持って来て」

　ほかに客がいないのをいいことに、レジカウンター内から奈穂美が手を振っている。カウンターはショーケースも兼ねたもので、最も高額な商品が収められていた。

　緊張状態が続いている村脇を奈穂美のところまで連れて行くと、彼女はとびきりの営業スマイルを惜しみなく披露した。

「よろしくね」

「店長さんだよ」

「あっ、ど……どうも、村脇です！」

美人の奈穂美を前にしたせいか、村脇はますます硬くなっているが、どこか嬉しそうなので放っておいてもいいだろう。

意見を求められたら出て行くことに決め、少し離れて傍観することにした。

正晴はリングが十数個入ったケースを三つほどカウンターに運ぶと、朔海のところにやってきた。

「あれか、友達って」

「うん」

「確かに人がよさそうだな」

以前、互いの大学の話になったときに村脇の話もしてあったのだ。正晴も初めて朔海と学校が分かれ、あらたな人間関係を構築しつつあるらしい。

「あ、そう言えば……正晴が言ってたやつ、隣のクラスのなんちゃってイケメンって佐山って名前？」

「なんでそれ……」

「今日、大学で会った」

「は？」

ぎゅっと正晴の眉根が寄った。もともと佐山のことは好きじゃないらしいので、名前が出ただけでこの反応になるようだ。

「知り合いと待ち合わせてたみたい。たぶんまた女の子引っかけたんじゃないかな」

「あるいは、うちから行った女子に会いに行ったか……だな」

「その女の子と付き合ってんの？」

「幼なじみらしいけどな。どういう付き合いかまでは知らねぇ」

「ふーん……あ、それでさ、なんかこれに興味あるみたいで、いいって言ってないのに触ってくるし、ついでに手撫でられて気持ち悪くてさぁ……」

「マジかよ……」

正晴の目が焦りを滲ませているのは、これを知った和隆の反応を恐れているからだ。正晴の目が届かない場所での出来事なので彼がどうこう言われるはずもないのだが、身についてしまった習性なのだ。

「このあいだもさ、三年だとかいう人がいきなり話しかけてきて、馴れ馴れしく肩組んできたりして……いままで和隆さんくらいしかスキンシップ激しい人いなかったから、ちょっとびっくりだよ」

「うぇ……」

正晴の深い溜め息にはいくつもの感情が含まれていた。単純に嫌悪もあったし、呆れもあった。だが一番大きいのは怯えとしか思えないものだった。

「正晴？」

「いや、もう俺のせいじゃないよな。そうだよ、だって学校違うし。うん」

「……挙動不審なんだけど」

「俺のガードが甘いって和隆さんに怒られるかなって思ったけど、俺はもう関係ないんだって思い出した」

「ガード……」

「この際だからはっきり言うぞ。いままでおまえにベタベタしてくるやつがいなかったのは、俺が必死で阻止してたからだ」

「そうなのか」

ふーんと感動もなく返すと、正晴はムキになって目を剝いた。

「他人ごとだな……！　いや、マジで言われたんだからな。寄ってくる虫を追い払え、ってな。昆虫じゃねーぞ？」

「わかってるよ。ここまで来てそんなボケかまさないって」

先日は気付けなかったのだから自分が察しがいいと言うつもりはない。あらためて和隆の過保護ぶりに溜め息はつきたくなったけれども。

正晴と話しているあいだに村脇はリングをいくつも試し、気に入りの一つを決めたようだった。振り返った顔が嬉しそうだった。

「決まった？」

「これ！」

「思ったよりシンプルなやつだね」

いぶし加工をしたシルバーの地金に黒い文字が彫ってあるタイプだ。比較的幅も細めで価格もそう高くはない。

「やっぱ予算的な問題もあるしさ。でもこれ、ソーマが着けてるうちの一つなんだよ。で、店長さん、ソーマと何度も会ったことあるんだって！」

「へぇ」

「サインもここにあった！」

村脇は大興奮で写真立てに入ったボーカルの写真とサインを見つめている。テンションは高いがうるさいほどではないので、添島姉弟も微笑ましいものを見るような目で眺めていた。

買ったリングはこのままはめていくようだ。そんな村脇に正晴は尋ねた。

「ちょっと聞きたいんだけどさ」

「は、はいっ……？」

声は裏返っているが、最初の頃よりは落ち着いているらしく、村脇はまっすぐ正晴を見つめ返した。

「さっき、朔海にちょっかいかけてきた男がいたらしいんだけど、見てたか？」

「あ、チャラい感じの」

「そうそう。どんな感じだった？」

怖がらせないように気遣っているのか、普段よりも口調が柔らかい。接客しているときのようだった。

村脇は少し考えてから口を開いた。

「うーんと、ストレートに言うとやな感じ？　馴れ馴れしいし、距離感とか無理だなって。悪いやつではないと思うけど、いやなやつだとは思う」

「サンキュ。もしそいつがまた来て、問題行動取るようだったら俺に連絡頼むわ」

正晴はバックヤードからスマートフォンを出してくると、村脇と連絡先を交換した。好きなブランドのオーナー子息が相手なので村脇は非常に嬉しそうだ。

「よし、これで和隆さんに怒られなくてすむな」

ぼそりと吐き出された独り言が聞こえたのが朔海だけだったのは幸いだ。聞こえていたら村脇への説明に窮するところだった。

上機嫌の村脇はそれから間もなく帰って行き、朔海は正晴がアルバイトを終えるのを待って一緒に帰宅することにした。待つあいだはバックヤードで時間を潰すことにした。

「本でも読んでれば？」

「こっちにも置いてあるんだ……」

休憩室には牟呂隆の本がすべて置いてあった。実家に置いてあるのとは別に、和隆から献本の余剰分をもらったらしい。さすがに氷室のどかの本は置いていないようだ。

受験とアルバイトで余裕がなく、まだ読んでいなかった本を手に取り、早速読み始める。待つあいだに最後まで読めるとは思えないが、家にも当然あるので問題はない。

話の内容はハードボイルドとしては少し変わっていた。

「またジャンルエラーって言われるんじゃ……」

主人公の周囲の人間が何人も不可解な死を遂げ、自らも巻き込まれていく展開なのはともかく、主人公に特殊能力があったり彼を付け狙う組織にも何人か人間とは思えない力を発揮する者がいて、正直なところ読んでいて少し目が泳いだ。

「あ、そっか。これがトドメだったんだ」

発売されたのは二ヵ月ほど前だから、きっとこれの評判が悪くてハードボイルドというジャンルにいられなくなったのではないだろうか。あるいは別ジャンルのほうが活かせると判断されたのか。

朔海としては後者であってほしかった。ちょっと変だけれど、和隆のこの小説もおもしろいことは確かなのだ。身内の贔屓目もあるだろうが、和隆の小説以外にも大量の本を読む奈穂美も以前からそれらしいことを言っていたので間違いないだろう。ただしハードボイルドを求める人にとっては戸惑う代物だった。

「なんじゃこりゃ、って感じだよね……」

あらすじは上手にごまかしてあるので買って読んだ人は期待と違うと思いそうだし、作者が牟呂隆という時点で警戒する人は慎重になるか手に取らないか、だろう。今回のは特に異色で、これまでの微妙さとは一線を画しているのだ。

「朔海くーん」

一時間ほどたった頃、休憩室に奈穂美が顔を出した。

「なに？」

「お迎えよ」

「えっ、和隆さん！」

奈穂美の後ろには和隆がいて、軽く手を上げていた。彼が店まで入って来たのは、朔海が知る限り初めてだった。

「連絡しちゃった」

ついでに正晴が、村脇と佐山のことも詳しく説明したという。休憩室から出て行くと、正晴は疲れた顔をしていた。

「和隆さん、甘やかしすぎだよ」

「俺が来たいから来ただけだ。車も動かしておきたかったしな」

一週間ぶりにエンジンをかけたと言って和隆は笑った。

連れだって店を出て近くのパーキングに停めた車に乗り込むと、和隆はじっと朔海の顔を見つめてきた。

「ん……？」

「少し大人っぽくなってきたかな」

「ほんと？」

「嬉しいのか」

「そりゃ嬉しいよ。なんか、和隆さんに近付けてるような気がするし。や、気のせいだってわかってるけどね」

朔海にとって和隆はずっと大人で、出会ったときから手が届かないくらい高いところに、あるいは先のほうにいる人だった。年齢差が埋まることはなくても、朔海が大人になれば感覚的な差は縮まるのではないかと信じてそのときを楽しみにしてきた。

顔を綻(ほころ)ばせていると、和隆は目を細めて笑った。

「可愛いな」

「へ？」

「俺の朔海は大人になっても間違いなく可愛い」

「お、俺のって……」

「恋人になる予定だからな」

「……和隆さんのなかでは、もう決定してるみたい」

願望を口にしているというよりは未来を確信している口ぶりだ。落ちると思われていることに不満を抱きながらも、強く反論出来ない自分がいた。

予感はあった。最初から嫌悪感はなかったし、寄り添って生きて行くイメージは比較的簡単に湧いてくるからだ。

そして「俺の」という響きは、意外なまでに朔海のなかでしっくりときてしまった。

だらりと投げ出していた手に和隆のそれを重ねられ、心臓が跳ね上がった。驚いたわけじゃない、ただひどく落ち着かなくなった。

熱を帯びた目が向けられているのが暗がりでもわかる。

目を逸らすことが出来なかった。

視線を絡ませたまま和隆は手を持ち上げ、朔海の指先に軽く口づけた。

びくっと震えた手は離してもらえないまま、なにごともなかったように元に戻されていく。聞こえないほどの声が「愛してる」と囁いたのが、なぜか朔海にはわかってしまった。

あえて放置された朔海は、走り出した車のなかでしばらくぼんやりとしてしまった。和隆の術中にまんまとはまっていることは自覚していた。

　指先がひどく熱く感じた。

「メシでも食って帰ろうか」

　いつもとまったく変わらない声を出す和隆を、朔海は少しだけ恨めしく思った。人を翻弄しておいて夕食の話はないだろう。

　だが無視するのは子供っぽい気がしたし、話題や雰囲気を変えてくれたのはありがたくもあったから、ためらいつつも頷いて返事をした。

「久しぶりだよね」

　大学が始まってからというもの、デリバリーを頼むことはあっても外食はしたことがなかった。これまでは受験期の追い込み時期を除いて週に二度は外へ行っていたのに。

「なにがいい？」

「ピザかな」

　デリバリーでもよく食べるが、やはり焼きたては店がいい。料理はよくする朔海だが、さすがにピザ生地から作って自宅で焼いたことはなかった。そして朔海はいわゆるローマピザのような薄い生地のものが好きなのだ。

　好みを知り尽くしている和隆は、店を思い浮かべてか笑って頷いた。

「わかった。いったん家に戻って車を置いてからでいいか？」

「うん」

「ところで今日、ナンパされたって？」

報告は早くも上がっていたようだ。正晴が疲れた顔をしていたのはそのせいかもしれない。

「ナンパじゃないけど絡まれたよ」

「正晴の判断だと下心ありらしいぞ」

「えー？」

「おまえには言わなかったけど、そいつは高校のときから朔海に興味持ってたらしい。男でも女でもいいっていうやつだそうだ」

「……そうなんだ」

ここで否定する気も反論する気もなかった。そもそも佐山のかつての行動について朔海はなにも知らないし、今日の彼の態度を思い出すと、納得せざるを得なかったからだ。

あのとき、本当に嫌だと思った。スキンシップなど慣れていると思ったのに、名前も覚えていない上級生や佐山には嫌悪しか抱かなかった。

差があるのは当然だ。唯一の家族で昔から大好きな相手と、よく知らない相手とが同列であるほうがおかしい。だが想像してみる。もし正晴に変な触り方をされても、それでも平気なのだろうかと。

「……いやかも……」

嫌悪とまでは言わないが二度とするなと文句は言うだろう。たとえ三歳のときからずっと一緒の正晴であっても。

運転する和隆の横顔を見てから、すぐ正面に視線を戻す。

和隆が特別なのは当然のことだ。その意味を深く考え、そして見きわめていかねばならないことを、朔海はひしひしと感じた。

(間違えちゃいけない)

敬愛と感謝は、和隆だけに向けているものではない。奈穂美にも三奈子にも向いている感情だ。だが憧れや、相手にとっての特別でありたいという感情は和隆にのみ抱いている気持ちなのだ。そしてずっと一緒にいたいという想いも。

憧れはきっと三歳のときから抱き続けている。十歳のときに、格好いいだけの人ではないと知ったが、それでも幻滅するには至らなかった。私生活におけるだらしなさは、むしろ朔海により親しみを感じさせた。

もちろん幾度となく和隆の株を上げる出来ごとはあり、そのたびに朔海は「叔父コン」をこじらせていったのだが。

(あのときは、ヤバかったなぁ……)

中学二年の夏に二泊三日の野外活動へ行ったときのことだ。朔海は初日の夜——夕食前に高熱を出してしまい、地元の診療所で診察を受けた後、和隆に迎えに来てもらうことになった。宿泊先は自宅から二百キロ離れた山間の施設だった。

　到着したときには夜の十時近くで、ほかの生徒たちが騒がないよう静かに施設を後にした。熱を出したことは誰もが知っていたが、保護者が迎えに来て帰るということを知っていた生徒は正晴だけだった。

　滅多に出さない熱を出したことで心が弱っていた朔海は、和隆の顔を見た途端に安心して力が抜けて座り込んでしまい、それを和隆が抱き上げて車まで運んでくれた。

　熱に浮かされて朦朧としていても、それだけははっきりと覚えている。

　数時間かけて自宅に戻ったときには日付が変わっていて、そのときはもう朔海の意識はなかった。気がつくとベッドに寝かされていて、目を覚ますたびに傍らにはいつも和隆がいた。

　額に触れる大きな手の感触も覚えている。

　そして朔海を見つめる和隆の表情や目も思い出した。

（たぶん、あのときはもう和隆さんって……）

　とても大事にされていたのは知っていた。だがそれだけではなかったのだと、いまの朔海にならわかる。

　すでにあの時点で和隆は朔海に恋愛感情を抱いていたのだ。

（冷静に考えると、中学二年生に……って、かなりヤバいんだけど）

　それでも朔海はまったく引いていないし、和隆への評価が下がることもなかった。

告白されたときもそうだった。むしろ自覚してから何年も一つ屋根の下で暮らしながら、朔海に気取らせることもなく手を出しもしなかった忍耐力がすごいと思った。理性的で真面目で、とても誠実だと言えるだろう。

（さすが和隆さんだよ）

落ち着いて冷静に見きわめていこうとしながらも、基本的なところでどうしても和隆びいきが出てしまうことを、朔海自身は気付いていなかった。


あの日以来、村脇とは急激に仲がよくなった。

話す内容はいろいろで〈ラグナロク〉に偏っているわけではないが、やはり頻度としては高く、それにつれて村脇が好きだというバンドの話も出てくる。ぜひ聞いて、と言われて彼らの楽曲も聞かされたし、動画も見せられた。残念なことに朔海が注目したのは、ボーカルが身に着けているアクセサリーだったが。

「室永は家で普段なにしてんの？　ゲームとかする？」

「あんまり。一応家に機械はあるんだけど、ソフトはたぶん五本もない感じ」

もう何年も電源すら入れていない状態だ。子供の頃からゲームにはさほど興味がなく、その点では村脇と正反対だった。隣の正晴もゲームが好きで、昔はよく付き合わされたものだったが、オンラインゲームが発展したせいか最近は誘われることもなくなっていた。

駅までの道を歩きながら、そんな他愛もないことを話しあった。

「そっか。スマホゲームもやってないよな。ほんとなにしてんの？」

「家事やったり、あとは本読んだりとか」

「あ、そうだよな。家のことやってんだもんな」

すでに家庭の事情については話してある。わざわざ言うつもりはなかったが、あえて避けようとも思っていなかったので、話の流れでさらっと教えたのだ。

「すごいね。俺なんてカレーがせいぜいだよ」

「カレーでも作れるならいいと思うよ。うちの叔父さんなんて、ご飯も炊けないんじゃないかな。お米とぐって概念がなさそう」

「そう言えば叔父さんってなにしてる人？」

叔父と同居していることは、すでに村脇には話している。何回か出た和隆の話で、勤め人でないことは察したのだろう。

逡巡し、朔海は思い切って打ち明けることにした。

「あ……えっと、小説書いてる人」

「えっ、マジで？　なんて名前？　どんなの書いてんの？」

予測できた反応に朔海は苦笑しつつ答えた。朔海自身は初めての経験だが、和隆は何度もこういった反応をされてきたらしい。話には聞いていた。

「ハードボイルド系とか、いろいろなんだけど……村脇って小説読むのか？」

「ほとんど読まないかな。ハードボイルドって、どういうんだっけ。えーと……ちょっと調べてみる」

村脇はスマートフォンを操作してワード検索をし、しばらくして大きく頷いた。

「なるほど、ヘミングウェイか」

「いや、そっちとは確実に違うと思う。うん、確かにハードボイルドなんだけどね……その、うちの叔父さんはちょっと変化球っていうか……」

「異色系？」

「ジャンルエラーみたいだよ。僕には読みやすいんだけどね。それで今度から別のジャンルをやるみたいなんだ。ミステリー小説」

「推理ものってことだよな？」

「そうそう」

「へぇ、今度貸して」

「あ、うん」

これは本気じゃないと判断し、朔海もあっさりと頷いた。話の流れで言っただけであり、強い興味があるわけではないだろう。もし後日もう一度言ってきたら、そのときは家に余っているだろう本を渡してもいいかとひそかに頷く。

駅で村脇と別れ、数時間のアルバイトのために〈ラグナロク〉へと向かった。夕方とあって客は数人いて、そのうち二人は顧客だった。彼らは朔海の顔を見ると相好を崩し、小さく手まで振ってきた。

「こんにちは」

朔海もにこにこ笑いながら挨拶をし、バックヤードに荷物を置いて、アルバイト中だけ身に着けるアクセサリーをして戻った。

レジ前にいる正晴は呆れた調子だった。

「俺にはあんな態度取ってきたことねーぞ？」

「正晴はその分、女の人たちがしてくれるだろ」

「おまえの場合は女もしてくれるじゃん」

「愛玩用店員だからね……」

朔海は遠い目をした。

そう命名したのは奈穂美で、とっさに納得して頷いたのは目の前の正晴だった。ちなみにそれをオーナーである三奈子に言ったら大笑いし、和隆は苦笑していた。苦笑しながら否定はしなかった。

「いいじゃん。小型犬みたいで」

「犬って」

「おまえ犬も好きだろ？　あ、でもカエデ飼ってるし、猫派か」

「いや、好きだけどさ。そういう問題じゃない気がする……」

「ま、とにかく俺は帰るからな」

「はーい。お疲れ」

　朔海と入れ違いに正晴は上がった。今日は三奈子も奈穂美もいないのだが代わりに勤続年数の長い男性正社員・武藤と女性のアルバイターが一人ずつ入っているので問題はない。

　一人の客がふらりと入って来たのは、正晴が帰ってすぐのことだった。

　客の姿を見て朔海は目を瞠り、それからあやうく顔をしかめそうになった。だがほかにも客がいる前でそれはいけないと、引きつりながらもなんとか笑顔を保った。

　その客――佐山は朔海と目があうと、どこか満足そうに笑った。

「それと同じチョーカー見せてもらえる？」

「……はい」

　客として入って来た以上、無視することは出来なかった。見せてくれということは購入意思を否定出来ないわけだし、いまのところこれといった問題はないのだ。そしてほかの店員はそれぞれに接客中だ。

朔海がいましているチョーカーと同じものを出し、ベルベッドを張ったトレーに載せて見せると、佐山は鏡を見ながら自らの首元に当てた。

一枚の羽根を下げた形のチョーカーは、男女どちらにも人気のあるタイプなのだが、佐山のイメージではないと思った。あるいは朔海の個人的な感情のせいかもしれない。

すぐに佐山はチョーカーをトレイに戻した。

「さすがに室永はそういうの似合うよね」

「別のを見ますか？」

「チョーカーはいいや。んー、リングかな。なんかこう模様みたいな感じのやつ、いくつか出してよ」

「サイズは？」

「測って」

これもまた当然のことなので、リングゲージを出してきて渡そうとすると、佐山は黙って右手を出してきた。しかも甲を上にして、指を広げる形で。

つまり測れと言うのだ。

「中指がいいな」

やりとりに不自然なところはなく、店内にいる誰もこちらを気にしていなかった。実際、客の指のサイズを測ったことは何度もあり、なかにはいまのように朔海がゲージを客にはめて測ることもあった。そのときは特になにも思わなかったのだが、いまは顔をしかめないようにするのでせいいっぱいだ。

見当をつけて十八号のゲージをはめると少し緩めだった。次に十七号をはめるとちょうどいいように思えた。

「どうですか」

「うん。サイズはこれでいいんじゃない」

手を動かしてそう言いながらも、やはり自分で外す気はないらしかった。仕方なく朔海が外そうとすると、当たり前のように指を絡めてくる。

「ちょっ……」

慌てて手を引っ込めて距離を取ろうとしたが、出来たのは手を振り払うことのみだった。本当はもっと距離を取りたかったが、店の隅にいたせいでそれは叶わない。ショーケースと佐山のあいだに挟まれた位置で、大きく距離を取ろうとすればほかの客に気付かれてしまいそうだったからだ。恥を忍んで後で説明すれば店員は納得してくれるだろうが、さすがに客はそうもいかないだろう。

「高校のときから、室永はいいなって思ってたんだよ。けどほら、番犬くんがいつも一緒で、近付けもしなかったからさ」

佐山は小声で言った。さすがに大っぴらにこういうことを言うほど開き直ってはいないらしかった。

　さすがに朔海はムッとした。

「番犬って正晴のことですか？」

「言ってるの俺だけじゃなかったよ？　結構みんな言ってた。せっかく大学で離れたと思ったのに、バイト先にまでいるんだもんなぁ……」

　逆だと思った。アルバイト先に正晴がいるのではなく、朔海が入っていったのだ。始めたのは同日とはいえ正晴は身内だ。しかしそれを言うつもりはなかった。正晴は在学中もあえて〈ラグナロク〉のことは言わなかったし、知っている者はごく限られた親しい者だけだった。余計な情報を与えて面倒なことになるのはごめんだ。

「……リング持って来ます」

　朔海は佐山の条件に合うリングを十本ほどケースから取り出し、先ほどと同じようにトレーに載せて戻った。

　リングを試しながら、佐山は何度も朔海の顔を見る。

「まつげ長いね。つけま、いらないじゃん」

　いらないもなにも男がつけまつげをつける機会なんてそもそもないだろうと心のなかでだけ言い返した。これが店以外の場所だったら思いきり言い放っていた。

「近くで見ると、ますます好み」

「……デザインによってはキツかったり緩かったりするかもしれませんので、おっしゃってください。ご来店されれば前後のサイズをお持ちします」

「これ買ったら、お礼に付き合ってくれる？」

「それと僕のプライベートは別です。歩合制でもないですし」

朔海は感情を込めないようにして淡々と返した。接客としては問題があるものの、ほかの客には聞こえないように小声で言った。

「ふーん。今日何時まで？」

「閉店までですけど」

「待ってるから、遊びに行こうよ」

「約束があるので」

「番犬くん？」

「あいつはそんな名前じゃないし、違います」

いつまで人の親友を犬扱いする気だろうか。自然と言葉が刺々しくなっていくのを止められなかった。

「こないだ一緒にいた友達？　それともあのイケメンの叔父さん？」

「……叔父ですが」

ここは正直に言ってしまったほうがいいだろうと思った。約束があるのは事実だし、これを言えば引き下がってくれるだろうと思ったからだ。

だが佐山はまったく引かなかった。むしろ食いついてきた。

「あの人って、本当に叔父さん？」

「そうですけど」

「似てないよね」

「僕は母親似なので」

亡くなった父親と血が繋がっていないことは、ここで言う必要はないだろう。言えばまた変な勘ぐりをされそうな気がした。血の繋がりがあったとしても、佐山ならば平気で邪推しそうだ。

「室永の親って事故で死んじゃったんだろ。叔父さんと一緒に住んでんの？」

「それがなにか」

客だからと言葉には気をつけているものの、口調には苛立ちと刺々しさが出てしまう。自覚しながらも止められない自分の未熟さに溜め息をつきたくなる。

「あれ、ほんとは彼氏なんでしょ？」

「は？」

「保護者ってより恋人って感じだったじゃん」

「なに言ってるんですかバカバカしい。かなり懐いてる自覚はあるけど……」

少なくともあの時点では本当にただの叔父だと思っていた。大好きで誰より大切で、ずっと一緒にいたいと――。

朔海は小さく息を呑んだ。

「どうしたの？」

「いや、なんでもないです。それよりどうされますか？　別の、お持ちしますか？」

「うん。こんな感じのやつがいいかな」

一本のリングを指し示し、佐山は悪びれた様子もなく笑った。別にいろいろ見る分にはいいし、その結果買わなかったとしてもかまわないと思う。よくあることだ。だが佐山が変な話を延々としてくるせいで、とても疲れてしまった。

時間をかけてリングを選んで戻ると、そのうち一本を佐山は手に取り指にはめた。

「どう思う？」

「いいと思いますけど」

「投げやりな接客だねぇ。でも楽しい」

「は？」

「久しぶりに手応えがあるっていうか……なんか簡単に脚開くやつには飽きちゃってさ。聞いてると思うけど、俺、男でも愛せちゃう人なの」

「つまり誰でもいいんですよね」

佐山が口にした「愛」という言葉は、信じられないほど軽く聞こえた。きっと彼の愛は次から次へと生まれては消えていくものなのだろう。

愛の定義が違うのか、あるいは軽さが違うのか、いずれにしてもどうでもいいと思った。佐山の恋愛観になど興味はない。

「ちゃんと選んでるって。顔か身体、どっちか好みの子だけだし。あ、でも顔が好みじゃない場合はキスはしないかな。室永の顔はメッチャ好み。キスしたい顔」

嫌悪感しか湧いてこなかった。

ぞわぞわと鳥肌が立って、朔海は無意識に腕を摩っていたが、リングと朔海の顔を交互に見ている佐山は気付いていない。

「で、室永は男もいけるやつだよね？　わかるんだよ俺、そういうの。男が絶対だめか、いけるか見てればわかんの。だから高校んときも目は付けてたんだけど、あいつのせいでとうとう無理だったなぁ」

聞き捨てならないことを言われた気がした。これは朔海にとって重大な問題だった。高校のときから「男もいける」と思われていたなんて迷惑な話だ。その手の判別に佐山は絶対的な自信を持っているようだが、あいにくと朔海は認める気はない。特定の相手を受け入れられるのと、誰でも受け入れられるのは違うのだ。

そう言えば和隆も似たようなことを言っていたと思い出した。彼もまた朔海以外の同性は考えたくもないらしい。

「……変な誤解は置いといて、もしかしてこのあいだうちの大学に来たのって……」

「あれはマジで偶然。もしかしたら会えるかも……くらいの気持ちはあったけど。そしたらビンゴ、って感じ」

「そうですか。でも僕にかまうだけ無駄ですよ」

「言ったじゃん。すぐやれちゃうやつとか、あっちから来るやつとか、いま飽きちゃってるんだって。それにさ、室永は近くにレベル高い男がいるから、余計燃える」

「……はい？」

「彼氏いる子を寝取るの、俺的にブームなんだよね。で、彼氏のスペック高いほうが満足度高いってこと」

ずいぶんと下らない理由で目を付けられたものだ。結局のところ朔海に対しては顔を気に入って、和隆が恋人だと誤解しているから、ここまで熱心に誘っているのだ。恋でもなければ性欲でもないらしい。きっとゲーム感覚なのだろう。

少しだけ気が楽になった。腹は立つが、本気で欲情されるよりは生理的にマシだった。

「これにする。このましてくから」

意外なことに佐山はリングをはめた指を動かして言った。てっきり買わずに帰ると思っていたので少し驚いてしまった。

レジまで案内し、正社員の男性に会計を任せる。さっきまで応対していた客はとっくに帰っていた。

「じゃ、またね」

「ありがとうございました」

佐山を送り出すと、ほっと息が漏れた。普通の客の何倍も疲れてしまった。そんな朔海に社員の武藤が声をかけてきた。

「お疲れ。あのお客さん、知り合い？」

「同じ高校でした。しゃべったことはなかったんですけど……」

「ああ、そうなのか。やー、どうしようかと思ってたんだよ。先生呼んだほうがいいのかなー、とかさ」

武藤はスマートフォンを軽く振って見せた。

彼が言った先生というのは和隆のことだ。武藤だけは面識があるそうで、休憩室にある本はすべて読んだというし、実は氷室のどかの本も読破しているという。

武藤はバンドでもやっていそうな見た目と服装なのに本が好きで、ノンフィクションでもフィクションでも興味を持てばなんでも読むという。特に歴史小説とミステリー小説が好きだと以前言っていた。

「連絡先知ってたんですね」

「うん。あ、これからもし手に余ることがあったら、遠慮なくサイン送るんだよ？　滅多に来ないけど、柄の悪いのが来ないってわけじゃないし、万引きもね、たまにあるから。そういうときは一人で対処しないように」

「はい」

それから二時間ほど、閉店まで仕事をして朔海は帰り支度(じたく)をした。

日が長くなって来ているとはいえ、さすがに八時にもなれば外は真っ暗だ。隣のコーヒーショップで待っている和隆の元へ、朔海は足早に向かおうとした。

「え、なんで？」

休憩室を出ると、すでに明かりが落とされた店に和隆がいた。

「武藤くんが呼んでくれたんだよ」

「すみません、なんか……」

「気にしないで。奈穂美(なほみ)さんからも言われてるし、朔海くんはうちの大事なバイトくんだからさ。お客さんの評判もいいんだよ」

「あ……ありがとうございます」

周囲の人たちが過保護過ぎて少しばかり恥ずかしかったが、嬉(うれ)しいという気持ちもあった。和隆はもちろん、奈穂美も家族のようなものなのだ。

「俺、先生のファンでもあるし」

「いろいろありがとう」

「いいえ。新作楽しみにしてますね」

朔海にとっては謎の言葉を交わしあった後、和隆は朔海を促して外へ出た。

説明を求められ、佐山とのやりとりを掻い摘んで話していく。なるべく感情を込めないようにしていたつもりだったが、気がつけば顔をしかめていた。

和隆は相づちを打つだけで口を挟まずにいた。思ったよりも冷静だなと思いながら隣を見たら、顔はそうでもないのに目が怖かった。

「怒ってる？」

「佐山ってガキにな。言うにこと欠いてブームとはね……ゲーム感覚で朔海を落とそうってのが気に入らない」

「え、本気だったらいいの？　僕的には逆なんだけど」

「そうなのか？」

「うん。性的に見られるのって、なんかね……。熱っぽさみたいのって、好きでもない人から向けられても嬉しくないし」

だったら佐山のように熱っぽさも粘度もないほうがいいと説明したら、和隆は少し考えて一応は納得した。

それでも和隆には和隆の考え方や感じ方があるらしかった。

「俺としては、相手が朔海を本気で好きだって言うなら、不愉快とは思っても腹は立たないぞ。

本気ならこっちだって誠意を持って追っ払ってやるさ」

「どのみち追い払うんだ？　それって女の子も？」

確率としては当然異性のほうが多いはずだし、実際朔海に好きだと言ってくれたのは和隆以外では中学校のときに同級生の女子が一人だけだった。

「手強いのはそっちだろうな。朔海は異性愛者だし」

「うん」

「でも気分的には同性のほうが危機感が強いんだよな」

「なんで？」

「異性は自分のなかで仕方ないって思う部分があるんだろうな。それに男だし、力尽くで朔海になにかするかもしれない」

「あり得ないって。そこまでするやつなんかいないよ。それに和隆さん以外の男なんて恋愛対象にならないし」

ぽろっと口にしててから、朔海ははっと息を呑んだ。事実ではあるものの、受け入れる気持ちになっていない状態で迂闊に聞かせていい言葉ではない。

だが和隆はまんざらでもない様子だ。

「なにその顔」

「いや、手応えを感じてな」

「だからそれは、和隆さんが無理ならほかは全部無理っていう意味であって、恋人になるって意味じゃないからね」

「はいはい。とにかく俺は、俺と同じくらい本気じゃなきゃ恋敵としても認めないからな」

「いやー、そんな人はいないと思うよ？」

和隆は大仰に頷いた。

「俺もそう思ってる。俺以上に朔海を想ってるやつなんているわけないし、同じくらいってのも、そうそう無理だろ」

「いや、そうじゃなくてさ。そもそも僕に恋愛感情持つって人がそんなにいるとは思えない、って意味なんだけど」

ちょっといいなという程度の感情ならば、朔海は抱かれやすいと思っている。同じ年頃、あるいは年下の少女にとって朔海は取っつき易く、いかにも安全で優しそうでもあるからだ。けれどもきっと熱量は低い。そもそも朔海と同年代の恋愛感情は和隆のそれよりも大抵ライトだし、朔海は思いつめるタイプの女子にはあまり受けそうもない。その程度の自己評価は出来ているつもりだ。

ただし同性についてはよくわからなかった。少なくとも朔海は和隆以外の同性に告白されたことはなかったし、佐山も朔海に対して恋愛感情を抱いているわけではない。顔が好みだとは言われたが、好きだとも付き合おうとも言われなかった。

「男の人なら余計そうだよ」

同性に恋愛感情を抱く男がそうそういるとは思えないのだ。一時の興味や勘違い、あるいは身体だけというならば、朔海が考えているよりはあるのかもしれないが。

「たぶん、本当に男が好きっていう人には好かれない気がするし。基本は女の子がいいとか、どっちでもって人にとって、僕の顔とか身体付きは許容範囲なんだと思う」

「そういう部分はあるかもな」

「うん。だからね、和隆さんみたいな人は特殊例なんだよ」

身内びいき——あるいは叔父バカが行き過ぎて恋愛感情に変異してしまったのだろうと朔海は考えている。可愛いと言っているうちに、うちの子は渡さないと思っているうちに、現在の形になってしまったのではないだろうか。

和隆は否定も肯定もしなかった。

「是非はともかく、男からも対象にされてるって自覚はあるんだな」

「なかったけど、出来ちゃったんだよ。和隆さんと佐山のおかげでね。あ、それと名前も知らない上級生とか」

「並べられたくないんだが」

「大丈夫。全然一緒じゃないから」

むしろ比べるのもおこがましいだろう。朔海のなかで和隆は絶対の存在なのだから、彼に並ぶ者などいないのだ。

（大好きで特別で……ずっと一緒にいたくて……）

だから無意識に、和隆から離れなくていい未来を探していた。さっき唐突に、そう自覚してしまった。

和隆の幸せを望んではいるけれども、彼が選んだ相手によっては朔海は排除されてしまうかもしれない。もともと血の繋がりはなく、朔海が二十歳（はたち）になったら後見人である必要もなくなるのだ。結婚して子供が生まれたら、当然和隆にとっての一番は妻や子供になって、朔海とは会う機会そのものも減ってしまうだろう。

和隆と奈穂美が結婚すればいいなんて言っていたのも、彼女ならば朔海ごと受け入れてくれると確信していたからだ。

和隆が幸せになれて、かつ朔海も弾（はじ）かれずにすむ。

重要なのは、その二つだ。

（恋人になったら、いいのかな……）

互いの望みを叶えるにはきっとそれが最適だ。だが朔海の心が伴っていなければ、きっと和隆は本当の意味で幸せではないだろう。

受け入れることにたぶん抵抗はない。後は朔海の気持ちが恋に変われば、あるいは育てばいいのだ。

「……頑張ろう」

とはいえ頑張ってどうなるものでもないことは承知していた。

小さく唸りながら歩く朔海を横目に見て和隆が微笑ましげな顔をしていたことなど、まったく気付きもしなかった。

大学と店と自宅の三か所を行き来する生活を続けるうちに、いよいよ大型連休直前になった。あっという間だった。

やっと慣れたところで連休が来るというのは、嬉しいようでいて少し怖い。噂(うわさ)では連休明けに大学に来なくなる学生もいるという。

「ブルーマンデーの重症化したやつなのかな」

「そうかもね」

客がいないあいだの雑談で、武藤とそんな話をつらつらと交わしていた。彼も大学生だった頃に長い休みの後は行きたくないと思ったという。

「でも朔海くんは大丈夫そうな気がするな」

「そうですか？」

「目的意識がはっきりしてる気がする」

「う……買いかぶりですって」

強い思い入れがあって大学に進んだわけでもないので、こんなふうに言われるのは気恥ずかしく、そしていたたまれない気持ちになった。

将来就きたい仕事がないわけじゃない。だがまだ小さい芽でしかなく、人に話すほど育ってはいないのだ。

「卒業したら、うちの社員になるってのはどう？　社長も奈穂美さんも喜ぶよ」

「さすがに近すぎて躊躇しちゃいますよ」

アルバイトならばともかく正社員というのは、なまじ経営者が近しい存在なので抵抗があった。理由は上手く言葉に出来なかったが。

(こっそり小早川さんに相談してみようかな……電話番号も知ってるし)

実は出版社に入って編集という仕事をしてみたい、と少し前から思っていた。大の本好きというわけではないのだが興味はある。ただ大変そうなのが小早川を見ていてわかるので、なかなか芽は大きくならないのだ。

どのみち就職活動までは時間がある。朔海は大学に入ってまだ一ヵ月とたっていないし、数年後には考えが変わっている可能性も高い。

そう、一ヵ月足らずだ。つまり和隆の告白からも一ヵ月しかたっていないことになる。

今日までのあいだに変わったことは枚挙にいとまがないが、朔海と和隆の関係性についてだけでも小さいことを含めたらいくつもあった。

まず視線が変わった。隠さなくなったというのが正しいだろうか。以前は叔父という立場に徹しようとしていたのが、告白したことで開き直り、やたらと熱っぽい目で見るようになった。もちろん外でそんなことはしないが、二人きりのときは全開だ。言葉も惜しまない。好きだ、愛してると、ことあるごとに囁いてきて朔海をドギマギさせてしまう。

そしてスキンシップは相変わらずだが、触れ方は以前とは違っていた。その違いを一言で表すならば「いやらしい」のだ。あからさまに性的な触れ方をするわけでもないし、そういった部位を狙ってくるわけではないのだが、たとえば手を握るときには指を絡めようとするし、頰を撫でるときもたっぷりと余韻を残していく。

子供に触れているわけではないのだと朔海にわからせているようだった。

「うわ、雨降るとか言ってたっけ？」

外は結構な量の雨が降りだしていた。ちょうど客を送り出した直後だった。この時期に夕立のように降るのは珍しいが、四月とは思えないほど暑かったせいかもしれない。

店の電話が鳴って、朔海が出るとアルバイターの一人からだった。彼女は朔海の交代要員なのだが電車が止まって少し遅れるという。どうやら遠くで豪雨があって影響が出ているらしい。ついさ先ほどからの雨は、その雲がこちらに来たということだろう。

「電車止まっちゃったそうです。バス乗り継いで来るから、三十分以上は遅れるかもって」

「仕方ないね」

「僕、それまでいますね」

「マジで？　朔海くん天使！」

「そんな大げさな。あ、ちょっと連絡入れてきます」

断って休憩室に行き、スマートフォンで和隆に事情を伝えた。いくつかやりとりをして、朔海はすぐ店に戻ると、申し訳なさそうな顔で武藤は待っていた。

「ごめんな」

「大丈夫ですよ。和隆さんも仕事してるから平気だって言ってましたし」

隣のビルにあるインターネットカフェはなかなか居心地がいいらしい。ポイントはチェアの形や硬さだと前に聞いた。

「なるほど。先生はいまあっちのほう書いてるのかな。エロいほう」

「みたいですね。ミステリーは来年だって言ってました」

「ああ、それ。実はすっげー楽しみにしてるんだよね。先生ってさ、キャラクター重視のミステリーが一番あってるような気がするんだ。前に奈穂美さんとも話したことあるんだけど、意見一致したんだ」

「えっと、それってどういう……？」

朔海もミステリー小説はときどき読むのだが、武藤の言わんとしていることはよくわからなかった。

ちょうど客がいないタイミングということもあり、武藤は詳しく語り始めた。

「バディものっていうかさ、探偵役とその相棒的なのを出して、その二人の関係性とか掛け合いを売りにするわけ」

「はぁ」

「で、あんまり重くないミステリーね。先生の読者って女性が多いみたいだし、男キャラはいい感じだしさ」

「なるほど」

「それに先生のヒロインって、ハードボイルドでもエロでも微妙というか正直色気ないからさ。あ、これ全部本人に言ってあるから、陰口じゃないよ」

「え、言ったんですか」

目を瞠る朔海に、武藤は大きく頷いた。

「奈穂美さんと一緒にだけどね」

「ああ……」

「先生って女性書くの苦手っぽいし、自分でもそんなようなこと言ってたよ。だから牟呂(むろ)先生のほうも、ついヒロインの存在感が薄くなっちゃうみたいで」

「うーん……そういえば、あんまり印象にないかも……昔の親友とか悪友の刑事とかのほうが目立ってますよね」

「そうそう」

「主人公もそっちのほうが大事っぽく見えるし」

話によって関係性などの違いはあれど、主人公についで出番が多いのは親友や刑事、あるいは敵対する人間だ。ヒロインは毎回一応いるものの、重要な役所(やくどころ)のわりには出番も少ないしキャラクターが薄い気がした。

なるほど、言われてみれば確かに武藤の言うとおりだった。

「エッチなほうは知らないんですけど、まさかそっちもなんですか？」

「うん。そっちはさすがに出ないと話にならないから出番は多いわけだけどね。飛び抜けて可愛くて印象的なのは、やっぱり夏希ちゃんかなぁ」

「あ、担当さんが言ってた……シリーズなんですよね」

「うん。あれは人気シリーズだよ。エロもほかのより濃いっていうか、別にハードなプレイをしてるとかじゃないんだけど、毎回みっちりやってる感じだし妙にねちっこくてね」

「そ……そうですか」

困ったように目を泳がせる朔海に気付き、武藤は慌てて謝ってきた。そうして「先生と奈穂美さんに怒られる」と小さく呟いた。

「まぁとにかく、夏希ちゃんシリーズだけが長く続いてるわけだよ。ミステリーものっぽいところがある話なんだけどね」

「そう言えば事件がどうのって言ってました」

「学校のなかで毎回事件が起きて、それを主人公が解決するわけ。事件って言っても、刑事事件になるようなものじゃないけどね」

「給食費が盗まれるとか、そういうのですか？」

思ったことをそのまま口にしたら、武藤はぷっと噴き出した。

「さすがに給食費はなかったなー。文化祭のときに模擬店の売り上げがなくなった、とかはあったけど」

それ以外にも器物破損や学校の裏サイト問題、大きなものでは入学試験問題の漏洩と裏口入学というものもあったという。

「修学旅行先でちょっとした事件に巻き込まれたりとかね」

「でも基本は官能小説なんですよね？」

「官能小説っていうか、エッチありの学園ラブコメってほうがしっくりくるかなぁ。エッチの分量は結構あるけど」

「そうなんですか……」

官能小説というジャンルなのだから当然なのだろうが、セックス描写が大量にあると聞くと少し複雑な気分だ。臆することなく語っている武藤を見ていると、こだわる自分こそが間違っているようにも思えてくるが。

「ノリノリでエロいの書いてるのかなぁ……」

とても想像が出来なくて首を捻っていると、武藤は取り繕うように笑いながら「いやいやまあまあ」などと意味のないことを呟いた。

それから間もなく雨はやみ、一時間近くたってようやくアルバイトの店員がやってきた。彼女は何度もすみませんと謝り、朔海を送り出してくれた。

予定より一時間以上押して隣のコーヒーショップへ向かいながら、スマートフォンを取り出す。終わったことを伝えようと操作しつつ、ふと店内をガラス越しに見て、朔海はそのまま動きを止めてしまった。

和隆はすでに店にいた。だが一人ではなかった。小さな円いテーブルを挟んだ向かいの席には美しい女性がいて、身を乗り出すようにしてなにか話している。まるでモデルかなにかのように華やかなその女性は表情から和隆への好意が滲み出ていたが、一方の和隆は朔海が見たこともないような仏頂面だった。

さすがにその顔を見たら変な誤解などしようもなかった。知り合いなのか否かはわからなくても、和隆が彼女を歓迎していないことだけはわかる。

ただ急に思い出したことがあった。

(ああいう感じの人もいたっけ……)

和隆が数年前まで付き合っていた恋人未満の女性たちの、すべてを朔海が知っているわけではない。最初の頃は、おそらく朔海ごと受け入れられる女性を探していたのだろう。わざわざ会う機会を設けていたくらいだ。食事の席に三人で着いたこともあった。

数人の彼女たちのなかには、いま話している女性と似たような人がいたはずだ。同じ人ではないようだが、ハーフっぽいモデルタイプということは共通している。当時はそれ以外にも様々なタイプがいた。眼鏡をかけたストレートボブの知的な人や、ふわふわのロングヘアの甘い雰囲気の人、いいところのお嬢様といった感じのおとなしそうな人——。

タイプはいつもバラバラだった。和隆には好みというものがないのかと思ったことがあったくらいに。

（あれが抵抗してた時期なのか……）

朔海のことが好きだと自覚した後、和隆は数人の女性と付き合っていた。彼に言わせると「抵抗をしていた」らしい。

もちろん告白前の話だし、和隆は朔海への想いを振り切ろうと、あるいは気のせいだと確信しようとしていたわけだが、胸の内はモヤモヤとしてしまった。

思い出してもそうだし、目の前の光景も朔海に顔をしかめさせる。和隆が女性と話しているだけでおもしろくないなんて、どれだけ朔海の心は狭くなってしまったのだろう。

（あの人の雰囲気のせいかなぁ）

肉食獣よろしく彼女は和隆を狙っている。遠目に見たってそれがわかるほどだった。

あれだけの美女を前にして和隆はなんとも思わないのだろうか。しかも女性のほうはずいぶんと熱を上げているように見える。

本当にきれいな女性だ。顔も美しくてスタイルもよく、それを十分に活かすためか肩や胸元の露出が高い。

そんな女性を前にしていても和隆の態度は冷淡に見えた。

彼女は憤慨した様子で店を出て行った。かなり粘ったようだが和隆から望む反応を得られなかったらしい。

当然だろう。和隆は朔海が胸に飛び込んでいくのを待っているところなのだ。

彼はいつまで待ってくれるのだろうか。ふとそんなことを思った。朔海がもし何年も答えを出せなくても待つのか、それとも諦めてほかの人を求めるのか。

(嫌だな……)

一緒にいられないからじゃなく、ただ和隆がほかの人のものになるのが嫌だった。たとえば隣の奈穂美だったとしても、和隆が自分以外の人にあの甘い顔と声を向けるのは嫌だと思ってしまった。

スマートフォンを握りしめて立ち尽くしていると、ふいに和隆がこちらを向いた。

途端に柔らかな笑みを浮かべた彼は、すぐさま立ち上がって店から出て来た。いくつもの視線を引き連れて。

「お疲れ」

「……うん」

促されて店の前から離れ、パーキングまで歩いて行く。あの場で立ち話でもしようものなら、引き連れてきた視線にずっと晒(さら)されていなくてはならないところだった。

「もしかしてさっきの、見てたのか?」

朔海が黙って頷くと、和隆はばつの悪そうな顔をした。

「美人だったね。知り合い？」

「いや、向こうが何度か俺を見かけてた……ってだけの関係だよ。話しかけてきたのは向こうだし、疚しいことは一つもない」

「うん。それはわかってるけど……」

「けど？」

「普通になんか嫌だった。昔の彼女たちのこと考えても、ちょっとモヤモヤ……っていうか、ムカムカした」

話を聞いている和隆は嬉しそうで、それに気付いた朔海はますますへそを曲げた。和隆のせいでないことは承知しているが、人をこんな気分にさせておいて喜色を浮かべることはないだろう。

パーキングに着いて、精算するのを待つあいだにすぐ気持ちは持ち直したけれども。

「いい傾向だな」

「その顔、腹立つ」

にやけているわけではない。いわゆる「ドヤ顔」なのが悔しいのだ。

「しょうがないだろ。ちょっと前まで、平気な顔で元カノの話とか、俺の結婚の話とかしてたんだぞ」

甥として叔父の恋愛を語っていたのだから当然だ。あのときは恋愛対象になるなんて考えもしなかった。

だがいまは違った。

「もうしない。だからその……恋人になろうかな、って」

「急展開だな。なにが『だから』なのかは、よくわからんが……」

もっと喜ぶかと思っていた朔海だったが、和隆は苦笑を浮かべるだけだった。それが意外で、朔海は焦ったように言葉を続けた。

「恋人になれば、僕がずっと一緒にいていいんだよね？　和隆さん、誰のものにもならないんだよね？」

「そうだな。だけどな、ただ一緒にいるだけじゃない。恋人だからな」

「キスしたり、セックスしたり……ってことだよね？」

「ああ」

わかっているつもりだった。だが覚悟が出来ているかと聞かれたら、朔海は言葉に詰まることだろう。

正直なところ、関係が変わってしまうことは怖かった。踏み込んだ関係になってしまったら、後戻りがきかなくなりそうで決心が付かない。

「あのさ、引き返せるのってどこまでだと思う？」

「人によるな」

「そっか……」

やはりセックスをしたら変わってしまうのだろうか。スキンシップの延長上というのは無理があるだろう。ならばキスはどうだろうか。

車に乗り込んですぐ、朔海は思い切って言ってみた。

「試しにキス……してみる？」

「キス、ね」

和隆は朔海を引き寄せたかと思うと、顔を近付けてきた。思わずぎゅっと目をつぶった朔海は、しかし頬に感触を覚えて目を丸くした。

無意識にキスされた頬を手で押さえていた。

少しドキッとしたけれども、馴染んだ感覚にすぐ我に返った。

「これじゃいままでとたいして変わらないじゃん」

「ご不満かな」

「だってそれ、恋人のキスじゃないし」

「わかったわかった。じゃ練習ってことで、これはノーカウントだぞ」

聞き分けのない子供を見るような目が不満だったが、長い指に顎を掬われて、すぐにそんな気持ちは吹き飛んでいってしまった。

目を閉じて、近付く気配に身を固くする。唇に柔らかなものが触れ、同時にチュッとリップ音が聞こえた。

触れるだけのキスは、きっと一秒にも満たなかっただろう。

「大人のキスは、恋人になったらな」

そう言いながら、和隆は離れ際に唇を舌先でゆっくりと舐めていった。ひどく官能的で生々しくて、そのキスは一瞬にして朔海のキャパシティーを超えてしまった。

目を開けて、飛び込んできたのは和隆の顔で、とっさに朔海は俯いた。頬が熱くて言葉が出て来なくて、心臓がうるさいくらいに早鐘を打っている。

黙ってそんな朔海を見つめていた和隆は、やがてなにも言わずにふっと笑って前を向き、パーキングから車を出した。

どちらも声を発したりはしなかった。だが気まずい雰囲気ではなく、ただ朔海の戸惑いだけが車内にあふれかえっているようだった。

和隆の横顔から目が離せない。十何年も見続けて、誰よりもよく知っている人だと思っていたのに、いまの彼は別人のようにさえ見える。

大人の男の顔だった。セクシーで艶っぽくて、どこか狡猾で、でも格好いい。

こんな和隆を朔海は知らなかった。

(お、落ち着け……っ。これは和隆さん、和隆さんだから!)

家でスエットを着てだらしなくソファで寝そべっている姿や、パソコンの前で魂が抜けたよう

にぼんやりとしている姿を思い出そうとしても、さっきのキスの前後の顔できれいに上書きされてしまう。

きれいな顔が近付いて、その目が熱を孕んで見つめてきて、舌先が触れて――。

(わあああ……！)

いますぐ頭をサイドガラスに打ち付けたい衝動に駆られた。あるいは大声で叫びながらのたうちまわりたいような。

朔海は俯いて膝の上で両手を握りしめ、渦巻く感情を宥めようと必死になっていた。

大型連休の突入を明日に控えたその日、溜め息の多さを指摘された朔海はぼんやりとした目を村脇に返した。

「わー、なんか疲れてる？」

「……うん」

「バイトし過ぎ？」

「そんなにしてないよ」

ただひたすら精神的に疲れているだけなのだ。原因は当然和隆で、あれ以来彼を見るたびに動揺して落ち着かなくなって、一人であたふたしては勝手に疲れているのだ。傍から見たらさぞ滑稽なことだろう。

幸いにして和隆はなにも言わないし、第三者がいるときは動揺も少ないので隣の姉弟が気付いている様子もない。だが和隆はあえて黙っているだけで、当然朔海の態度には気付いている。いまのところ放置するつもりのようだった。

休講の知らせに学生たちは次々と席を立ち、朔海たちも帰り支度をして立ち上がった。

少し締まらないが、これで朔海たちはたったいまから大型連休に突入だ。受験が終わったときのような解放感に包まれて、自然と身体の力が抜けていた。

「村脇はどっか旅行だっけ？」

「旅行っていうか、友達に会いにね」

高校卒業まで過ごした大阪に行き、友達と遊ぶのだと村脇は笑う。本当に嬉しそうで、彼が友達に会うのをどれだけ楽しみにしているかが伝わってきた。

「室永は予定なしだっけ」

「うん。バイトはあるけど、家でのんびりかな。映画観に行くくらい」

「寂しいやつめ」

「そんなことないし」

話しながら教室を出て廊下を歩いていると、ふいに声が聞こえてきた。

「あー、いたいた。室永くん！」

女の子の声で呼ばれ、なにごとかと朔海は振り返った。同じように村脇も、そして関係ない周囲の学生たちも驚いて見ている。それくらい大きな声だった。

小柄なその彼女は見覚えがあった。名前は知らないが同じ高校から進学してきた子だ。ということは、佐山の知り合いだという子だ。

朔海は自然と身がまえていた。

「ごめん、ちょっといいかな」

「えっと……」

「あ、あたしのことわかんないか。そうだよね。一回同じクラスになったことある森口っていうんだけど」

「顔はわかるけど、ごめん」

さすがにばつが悪くて及び腰になってしまう。失礼だと思う気持ちと相手が女の子だという点で、強い態度には出られなくなった。たとえ相手が佐山の関係者であってもだ。

森口は気にした様子も見せず、大きく手を振った。

「いいのいいの。あ、それでね、秀司のことなんだけど」

「秀司って……」

「佐山秀司。友達なんだよね？」

「違うけど」

かぶせるようにして真顔で返すと、森口は虚をつかれたような顔をした。

「えー、そうなのっ？　あいつ、室永くんと友達になったとか今度遊びに行く約束してるとか言ってたよ」

「……遊びに行こうとは言われたけど、行くとは言ってないよ」

「マジ？　なにあいつ、なに嘘ついてんの。やっぱジゴージトクってやつだね」

変なイントネーションだったせいで一瞬なにを言われたか理解出来なかったが、なんとか漢字変換が出来て「自業自得」だとわかった。

森口は冷静な人間らしい。朔海の言葉を信じ、即座に佐山の虚言――というより調子のいい言葉を断じた。あるいは付き合いがあるからこそ、佐山のそういったいい加減な性格を理解しているのかもしれない。

どうしたものかと考えている朔海の代わりに村脇が身を乗り出してきた。

「なに？　なにかあったの？」

「あったの。あたしの友達の彼氏が秀司ボコっちゃって……」

彼女の説明によると、友達は同じ一年生でとてもきれいな子であり、その彼氏は高校のときから付き合っている一つ上の先輩だという。その友達に佐山はちょっかいをかけ、かなり付きまとわれた彼女が迷惑がって彼氏に相談し、話しあいで解決しようとしたが失敗して佐山が殴られるはめになったようだ。

「秀司が余計なこと言って怒らせたんだけどね」

「え、なに言ったの」

「バカなんだよ、あいつ。女は自分が押せば落ちるって思ってるみたいで、相手の彼氏が逆上するとか全然考えてないんだもん。迷惑だ近付くなって言われて、寝取ったら返してやるとか普通言う？」

「うわぁ……」

朔海と村脇の声が重なった。

「ね？　うわぁ、でしょ？　まぁでも殴るのはダメかなと思うけど」

「森口さんも現場にいたの？」

「一応、あたしが引き合わせちゃったから……別に紹介したわけじゃないんだけど」

以前佐山がここに遊びに来たのは森口に会うためであり、その際に一緒にいた友達が目を付けられてしまったようだ。友達の彼氏はイケメンで頭もよく、しかも父親が大手企業の役員をしているらしい。

佐山が盛り上がりそうな条件が揃(そろ)ってしまったというわけだ。

「その熱心さをもっとほかのことに向ければいいのにね」

「まったくよ」

ブームだと言っていた通り、本当にあちこちでやらかしているようだ。そしてとうとう痛い目を見たわけだが確かに自業自得だろう。高校のときから派手に遊んでいるそうだし、刺されなかっただけマシとも言えた。

「ところで、なんで僕に？」

「だって秀司の友達……あ、違うんだっけ」

「うん。高校のとき一度も話したことないのに、こないだ急に話しかけてきて、バイト先にも来たんだ。買ってくれたから、それはよかったんだけど」

「あいつ……」

森口は顔に手を当てて深い溜め息をついた。

「ところで佐山ってやつ、どうしてんの？ 友達とか彼氏さんとまだ一緒？」

尋ねた村脇に目を向け、森口はわずかに首をかしげた。さっきから言葉を交わしているのだが、ようやく相手が知らない人だったということに思い至ったようだ。

「あ、僕の友達で村脇っていうんだ」

友達の部分を強調して紹介すると、森口は苦笑して朔海に謝ってきた。佐山の調子のよさには慣れていたつもりだったのに、朔海のアルバイト先のことや叔父が迎えに来ていることなど、いかにも親しげにしゃべっていたので信じてしまったらしい。

「どうも。村脇伸一（しんいち）です」

「急にごめんね」

「で、友達と彼氏さんは？」

「もう二度と近付くなって言って友達連れて帰っちゃったよ。それでその、秀司は茫然としてるっていうか、すごいケガしたってわけじゃないみたいなんだけど、座り込んで動かなくなっちゃって、それで……」

「森口さんって、佐山と友達なの？」

気がつくと積極的に会話しているのは村脇になっていた。興味があるのかずいぶんと熱心で、朔海よりも少し前に出て森口と話している。

彼女は困ったように複雑そうな笑みを浮かべた。

「友達っていうか、幼稚園から一緒で……なんていうか、あいつ弟みたいな感じで。同じ年なんだけどね。うちのお母さんとあいつのお母さん友達だから、このまま放っておくのもマズいっていうか」

「好きとか、そういうのないの？」

「ないない。だって顔だけの男だよ。ああいうの好みじゃないの。秀司のお母さんはとってもいい人なんだけど、ちょっと甘すぎるんだよね子供に。秀司も家ではいい子ちゃんだし、うちの親にも本当のこと言いづらくて」

顔だけの男なんて、どこかで聞いたフレーズだと朔海は遠くを見つめた。亡き母親は実父のことを八方美人と評してあまり詳しくは語らなかったが、もしかすると佐山のようにあちこちで女性に手を出していたのかもしれない。

自分の父親は佐山ほどひどくはないはず、と自分に言い聞かせてみた。記憶にまったくない親のことだが、少し胸が痛んだ。

「室永。俺ちょっと森口さんと様子見に行ってくるね」

「え？　あ、じゃあ僕も……」

「室永は用事あるんだよね？　大丈夫、大丈夫」

村脇は森口から見えないようにバチバチと目配せをし、必死になにか訴えかけてくる。いいから帰って、という副音声が聞こえてくるようだった。

朔海は空気を読むことにした。

「あ……うん。ごめんね、森口さん。僕ちょっと……」

「ううん！　こっちこそごめん」

「行こうか森口さん」

「う、うん」

村脇と森口の背中を見送り、朔海は困惑しながらも帰途に就いた。

さすがに露骨過ぎて気付いてしまった。村脇は森口に一目惚れ（ひとめぼ）をしたか、それに近いものを感じたようだ。

（びっくりした……）

てっきり同じように村脇も恋愛に対して消極的なタイプかと思っていたのに、あの様子ではむしろ超が付くほど積極的なようだ。連休明けに、付き合うことになったから、と打ち明けられても朔海は驚かないだろう。

かなりの急展開だ。しかし不思議と村脇がいい加減な気持ちであんな行動に出たとは思わなかった。

春というものは突然訪れたりもするらしい。ゆっくりと芽生える恋もあれば、いきなり落ちる恋もあるのだ。勢いというのもまた必要なのかもしれない。

いろいろと感慨にふけりながら家に帰り着き、玄関をくぐる。和隆の靴はあるのに、ただいまの声に返事はなかった。別の靴で外出したのかとも思ったが、シューズクローゼットにはすべての靴が揃っていた。

「和隆さん？」

リビングにも仕事部屋にもおらず寝室も空っぽだ。不思議に思いつつバスルームに行くと明かりがついていた。

「なんだ……」

もう風呂に入っていたらしい。昨夜は徹夜すると言っていたので、ようやく仕事が終わって一息ついているのだろう。

「和隆さん、ただいま」

それでも返事がないことに不安になってそっと扉を開けると、和隆はバスタブに浸かったまま目を閉じていた。

じっと見つめていても、ぴくりとも動かない。

「和隆さん！」

声を張り上げると、ようやくぴくりと目元が動く。それからだるそうに目を開け、朔海と目をあわせた。

ドキッとして、思わず目を逸らした。

「ああ……おかえり」

「お……おかえりじゃないよ。溺れたらどうするんだよ、もう」

「さすがに沈んだら起きるだろ」

溜め息をつきながら濡れた髪をかき上げる仕草が壮絶に色っぽくて、朔海はどうしたらいいのかわからなくなった。

見ないように目を逸らしたのに、鏡に映り込んでいたのだ。曇ってくれればよかったのに、この鏡は曇り防止の処置がされている。

「えっと……ご飯食べた？」

動揺した頭でようやく絞り出したのがその一言だ。

「ああ、軽くな。とりあえず風呂上がったら寝るわ」

「わかった。それじゃ、なにか作って冷蔵庫に入れとくから」

朔海はそう言い置いてバスルームを後にした。逃げるようにして自室へ行き、ドアを閉めて茫然と呟いた。

「なにあれ……なにあの色気！」

思い出すだけで顔が赤くなりそうだ。和隆が寝不足でぼんやりしていなかったら、きっと朔海の動揺に気付かれてしまっただろう。

気だるげな表情にも濡れ髪にも、男の色気が迸(ほとばし)っていた。ジム通いの成果なのか、家で仕事をしているくせに肩にも腕にも、そして胸にもしっかり筋肉が付いていて、張りのある肌は健康的だった。健康的なのに、フェロモンが垂れ流しになっていた。

「夢に見そう……」

クラスメイトの水着姿にも、グラビアモデルの写真にも、これほどの衝撃を受けたことはなかった。

どうしていまさら和隆で、と思う。見慣れているはずなのだ。もっと小さい頃には一緒に風呂にだって入ったし、つい最近も和隆は風呂上がりに腰(こし)にバスタオルを巻いただけの格好で出てきていた。

ドアにもたれたまま悶々(もんもん)としていると、背後で物音がした。風呂から上がった和隆が寝室に入った音だ。

「……とりあえず、ご飯作ろう……」

和隆がいつ起きるかはわからないが、心を静めるためにも料理をしようと思った。

バッグを置いてキッチンへ行き、冷蔵庫の中身を確かめていると、ドアポケットに並ぶミネラルウォーターが目に入った。今朝補充したまま一本も減っていなかったし、ほかの飲みものを飲んだ形跡もない。

「水分取れっていつも言ってるのに」

朔海はペットボトルをつかみ、階段を駆け上がって和隆の寝室へ行った。控えめにノックをしても返事はない。

そっとドアを開けて様子を窺うと、すでに和隆は寝入っているようだった。カーテンは開けっ放しで、もうすぐ西日が差し込んできそうだ。

足音を立てないように窓に近付いてカーテンを閉めた。枕元に水を置き、静かに退室しようとして、和隆の寝顔に目が留まる。

きれいな顔立ちだ。見慣れていてもあらためて感心してしまうほど整っている。さっきの色気は寝顔からは感じられないが、その代わり少し可愛いと思ってしまった。

格好いいのに、可愛かった。手を伸ばして髪を撫でて、それからぎゅっと抱きしめたいような気持ちになってくる。

ベッドサイドに立ち尽くし、朔海はじっと和隆の顔を見つめた。

（変わんないね……）

出会ったときから和隆はこうだったような気がする。もちろん十五年前は和隆も十代だったのだから現在と同じはずはないのに、朔海自身が三歳児だったせいか、大人と変わらないように見えたのだろう。

寝顔なんてこの八年で何度も見た。ソファでのうたた寝が定番の彼だから、毎日とは言わないまでも週に五回は見ているはずだった。

ついこのあいだまでの彼と、いまの彼は違うのだろうか。

朔海への気持ちを隠さなくなったせいなのか、あるいは朔海の見方が変わっただけなのか。

（もう叔父さんとは思えないよ）

告白されたときに和隆が言ったように、もう彼は朔海にとって一人の男だ。恋愛対象に変わっていた。

気がつくと朔海は床に膝をつき、より間近で和隆の顔を覗き込んでいた。

規則正しい寝息が聞こえてくる。和隆の眠りを邪魔しないように息を潜め、そっと指先を伸ばしてみた。

唇に触れて、その柔らかさに胸が騒いだ。以前和隆としたキスを思い出してしまった。

あのときは触れるだけの軽いキスだった。恋人になったら、和隆はもっと深くて甘いキスをく

れるのだろうか。

和隆の唇に触れた指先で、自然と自分の唇を触っていた。

恥ずかしくて、でも少し嬉しいと思った。

どのくらい和隆の顔を見つめていたのか、カエデが部屋に入ってきたことで、朔海ははっと我に返る。

ソファで丸くなって眠っていたはずなのに、和隆が眠ったのを察したのか、一緒にベッドで寝直すつもりらしい。

朔海は少しだけドアを開けたままにし、逃げるようにキッチンへ戻った。

軽めの夕食を作るあいだも、一人でそれを食べるあいだも、頭のなかは和隆のことでいっぱいだった。

「……お姉ちゃんなら、わかるかな……」

メモを残して隣へ行こうと思い、鍵とスマートフォンをつかんだら、手のなかで着信音が鳴った。村脇からだった。

驚かないぞ、と言い聞かせながら開いたら、いきなり「友香(ともか)ちゃんと付き合うことになったよ」という文字が飛び込んできた。

「いや、まず友香ちゃんが誰か説明しようよ」

森口だろうということはわかるが唐突過ぎるし、そもそも彼らと別れてからまだ二時間もたっていないのだ。村脇の行動力と積極性には感心するばかりだ。和隆の告白から一ヵ月以上たっている朔海とは大違いだった。

ソファに座って報告をすべて読み、「おめでとう」と「お疲れさま」と言葉を返した。後者は佐山の件でのねぎらいだ。

村脇が森口と空き教室に戻っても、佐山は相変わらず座り込んだままだったらしい。基本的に甘ったれな佐山は、自信過剰とも言える言動のわりに打たれ弱かった。ブームなどと嘯いて略奪愛――実際は愛もなにもないが――に励んでいたものの、それで自分が迷惑がられることや相手の怒りを買うことは考えていなかったようだ。想像力が乏しいことこの上ない。殴られてすっかり萎んでしまったので、二人でまず自業自得であることを納得させ、そんなことをしてるとそのうち刺されるぞと脅して家へ帰したらしい。

すっかり心を入れ替えるというのは難しいだろうが、当分はおとなしくなるだろうし、少なくとも略奪愛はやめるだろうとのことだった。

返信を終えると朔海は隣家を訪ねた。

「こんばんはー朔海です。お姉ちゃんいますか?」

インターフォン越しに言うと、すぐにバタバタと足音がした。すぐに開いたドアから飛び出してきたのは奈穂美の五歳になる娘・優希菜だった。

「さっくん!」

嬉しそうに抱きついてくる優希菜を抱き上げて、そのまま家に入った。相変わらず優希菜は可愛く、全身で好意をぶつけて来るのがさらにまた可愛い。本人曰く、叔父の正晴よりも朔海のほうが好きらしい。ちなみに彼女は和隆のことも好きだが、その程度は正晴と同等のようだった。五歳の彼女には和隆の魅力がまだわからないのだろう。

「どうしたの？」

「うん。ちょっと相談っていうか、話聞いてもらおうかなって」

「じゃあ、わたしの部屋で待ってて。優希菜、ばあばとお風呂入っといで」

「やだー」

抵抗する優希菜を宥めすかし、朔海は彼女を奈穂美に引き渡して二階へ上がる。子供の頃から来ている家なので慣れたものだった。普通ならば女性の部屋に入るのは躊躇するところだが、この家の人たちも朔海もまったく気にしていなかった。

床に座って待っていると、すぐに奈穂美がやってきた。

「で？」

「うん……和隆さんのことで……」

「でしょうね」

彼女はベッドに座って大きく頷いた。

「え、なんでわかったの」

「それしかないでしょ。昔から朔海くんの悩みはほとんど和くんのことよ」

きっぱりと断言されると苦笑するしかなくなる。自覚していた以上に朔海の世界は和隆を中心に構築されていたようだ。

「その……なんか最近ちょっとドキドキするっていうか、和隆さんに色気感じるっていうか当てられるっていうか、とにかく前と違うんだ」

「よしよし、順調に育ってるな」

「え、なにが？」

「いろいろ。とにかく一ヵ月前とは違うわけね？」

「うん」

「なんでもいいから、思ったことみんな話しちゃいなさいよ。整理出来るかもしれないし、なにか見えてくるかもしれないよ」

そう促され、朔海は本当に思いつくまま、この一ヵ月ほどのことを話していった。和隆の視線や触れ方が変わったことや、幼い初恋のこと、カフェで和隆と女性が話しているのを見て、おもしろくなかったこと。かつて奈穂美の再婚相手が和隆でもいいと思ったことや、その理由について。時系列もバラバラで、とにかく思いつくまましゃべった。

佐山のことも話した。彼に触れられたときの嫌悪から、正晴を含めて和隆以外の男ではダメだと思ったこと。そして村脇の恋に驚いたこと。

さすがにキスしたことは黙っていた。恥ずかしいからではなく、なんとなく話すのがもったいないような気がしたからだ。

「友達を見て、すごいなって思ったんだ。まったく迷ったり考えたりしてなかったし、好きだって思ったらまっしぐら、って感じだったし」

「やるもんねぇ。このあいだリング買ってくれた子でしょ？　ソーマファンの」

「うん」

「とてもそんな感じには見えなかったけど、たいしたもんだ。でもまぁ、人それぞれだと思うよ。あの子は当たって砕けろなんでしょ。朔海くんの場合は、砕けるのが嫌だったからここまで慎重だったわけだし」

「それもあるけど、自分の気持ちよくわからなかったからさ……いまも、どうなんだろって思ってるけど」

「そうなの？　ときめいたんでしょ？」

「だから色気に当てられただけかもしれないじゃん。免疫ないし……」

ましてキスなんて、ほぼ初めてのようなものだったのだ。ドキドキするのも赤くなるのも当然だと思った。

三歳や四歳のときに和隆にしたキスを、たとえ唇であってもカウントしていいものかどうか悩むところだが。

「ドキドキだけ？」

「え？」

奈穂美が好奇心に目を爛々と輝かせているのを見て、相談するのは早まっただろうかとたじろいだ。しかしながら、ほかに相談相手はいないのだ。正晴は適任ではないし、恋の相手が相手だけに話せる人自体が限られてくる。

ふふ、と笑って彼女は続けた。

「嬉しいとか、ちょっと幸せな気持ちとか、そういうのはない？」

「……あった、かも……」

「もっと触って欲しいとか、キスしたいとかは？」

「あ……ある」

キスしたいとあのとき思った。家族にするようなキスではなく、恋人のキスをしてほしいと。そして触ってほしい、というのは少し違うかもしれないが、手を繋いだり抱きしめてもらったりはしたいと思っている。

「よし、ＧＯだ。当たって食われろ」

「それ違うよね！」

「だいたいあってるから大丈夫」

「だいたいじゃダメじゃん！　それに、く……食われるって……」

「和くんに限ってプラトニック推奨じゃないでしょ？　セックスするわけじゃん。その場合、朔海くんは美味（おい）しくいただかれちゃうほうでしょ」

「えーと、えーと……」

目が泳いで仕方ない。ここまで来ておいてなんだが、朔海はそういった具体的なことは考えないようにしていたのだ。

「無理？」

「わかんない……」

「そっか。朔海くんって和くんの純粋培養計画と正晴のブロックのせいで、エロから遠ざけられてきたからね。エロ本も見たことないんだよね？」

「なんでそれっ」

どこまで把握されてしまっているのかと、朔海は身震いがした。正晴とだってそんな話はしたことがないのに。

「当たりかぁ。ヤバいわ、まっさら過ぎる」

「ちょっ……鎌かけたな……！」

「想像つくんだものー」

奈穂美はにっこりと笑った。

「個人的にどうかとは思ってたんだけど、和くんの圧がすごくてね。正晴はあの通り和くんの犬だし、見る機会なかったよね」

　うんうん、と奈穂美は頷いた。

「奈穂美さんはあるの？」

「あるよ？」

「女の人なのに？」

「なにトンチンカンなこと言ってるの朔海くん。女子だってＡＶくらい見ますぅ。なんなら女子向けのだってありますぅ」

「ええっ」

「かわいそう朔海くん。もう大学生なのにＡＶも見たことないなんて」

「え、でも……」

　一般的にはどうなのか知らなかったが、とりあえず朔海には知識がなかった。それは事実だ。奈穂美の言葉はただの揶揄に聞こえる一方、本当にそうかもしれないとも思えてしまう。

「男同士がどうやってセックスするかは知ってるの？」

「……なんとなく、聞いたことがあるような、ないような……」

「アナルセックスってことね。わかる？　お尻の……」

「わかる！　だからもういいです」

　女性とこういう話はしたくなかった。正晴あたりが相手なら、朔海だってもう少し冷静に聞けていただろう。

「うん、やっぱり読んでみようか。男女ものだけど書いてるのは和くんだし、参考になるかもよ。ＡＶよりハードルも低いでしょ。はい、これ」

本棚から取り出した一冊の文庫本を差し出され、朔海はその表紙をじっと見つめた後、奈穂美の顔に目をやった。

「これが一番人気のやつ？」

「違うやつ。あれはね、ちょっと朔海くんには刺激が強いから」

「そんなにハードなのか」

武藤に話を聞いたときの印象とは違う気がした。彼の説明だと話の主軸は事件とその解決だったように感じたのだが、実はラブシーンだけは過激なのだろうか。

奈穂美は思わずといったように笑った。

「んーまぁ、ある意味ハードかもね、朔海くんには」

「僕には？」

「あ、でもやっぱそっちのほうがいいかも。うん、そうしよう。これ読んで引いたらまた考えればいいと思う」

本を入れ替え、今度は二冊の本を差し出された。

例のシリーズの、一冊目と二冊目を渡されて朔海は自宅に戻ることになった。家には何冊も同じ本があるはずなのに、おかしなことになったものだ。

　とりあえず表紙は可愛い。写実的な絵ではなく、漫画のようなきれいなイラストが描かれていて、女性も手に取りやすそうだと思った。ヒロインはショートカットで、服装はショートパンツにニーハイだ。制服でもフリフリのスカートでもなかった。

　とても官能小説だとは思えない。これならば抵抗なく読めるかもしれないと、朔海は自室のベッドにごろりと横たわった。

『やっ、ん……あんっ、ダメ、だよ……い、やぁっ』

押さえつけられ、疼(うず)くところに指を沈められ、ぐちゅぐちゅといやらしい音が鳴るたびに身体はおもしろいように跳ね上がった。

拒絶の言葉を吐きながらもその声には隠しきれない甘さが混じっているし、軽く押さえつけられただけの手はあるかなきかの抵抗をするだけだった。

胸を吸われ、『あんっ』と甘えるような声が出た。

自分の声じゃないみたいだった。女の子みたいに高い、鼻にかかった濡れた声だ。

これはきっと昨夜読んだ本のせいだ、と思った。夢のなかで夢だとわかって、そこに少しほっとしながらも、こんな夢を見ている事実に動揺した。

いやとかダメとか言いながら気持ちよさそうに喘(あえ)いでいるのは、きっとあの小説のヒロインだ。朔海は彼女の視点で夢を見てしまっているのだ。

だとすると、夢のなかのこの身はヒロインの夏希なのだろうか。それとも朔海に置き換わっているのだろうか。

さっきから上げている声が自分のものなのか女の子のものなのかもわからなくなっている。はっきりしているのは、快楽の涙で滲んだ向こうにあるのが和隆の姿だということだ。

いやらしいのにやはり格好良くて、夢だとわかっているのに朔海はぼーっとしてしまう。覗く舌先がひどく卑猥(ひわい)で、視覚の刺激だけでも相当なものだ。

『可愛いよ……』

ぞくぞくするような甘い声。腰に直接響いて、快感がじわんと指先まで走って行くのがわかった。声の愛撫だった。

夢のなかだというのに、ちゃんと感じていた。

『朔海』

「ひぁっ……」

変な声を上げて朔海は飛び起き、ベッドの上で茫然としながら、はぁはぁと荒い呼吸を繰り返した。

夢だ。もちろん夢に決まっている。昨夜読んだあの小説のワンシーンを——ヒロインが初めて義兄に抱かれるシーンを再現してしまっただけだ。

自分と和隆という配役で。

「あり得ないーっ……」

ひーひー言いながら朔海はベッドの上で転げまわった。恥ずかしくてどうしようもなくて、とてもじっとしていられなかった。

夢は記憶の整理なのだと聞いたことがあった。そうに決まっている。決して願望などではないのだ。

「和隆さんのせいだ……」

唸るように呟いてしまったのも仕方ないはずだし、あながち間違いでもないだろう。

件の主人公はとても和隆に似ていたのだ。家ではだらしないところも、家事能力がないところも、長年想いを秘めて身内として接していたところも。性格や言動はもちろん違うが、読んでいるうちに自然と和隆でイメージしていたくらいには似ていた。

そしてヒロインの夏希。ボーイッシュで自分のことを「ぼく」という女の子は、義理の兄のことが大好きなブラコンで、五歳のときに母親の再婚で主人公と兄妹になった。

どこかで聞いたような話だ。そしてエピソードに既視感を覚えることもしばしばだった。

出会って間もなくヒロインからプロポーズをしていたり、庭で子猫を見つけたり、主人公のことが好きな女性に厄介払いされそうになったり――。

セリフまで記憶に引っかかるものがいくつかあった。

「もしかしなくても、僕がモデル……だよね、あれ……」

読んでいるあいだは自分に置き換えたりなどしなかったが、客観的に考えてもやはりそうとしか思えなかった。奈穂美が「ある意味でハード」と言った理由も、モデルが朔海というならば納得だ。

確かに刺激が強すぎた。おかげで夢でセックスの場面を再現してしまったではないか。そうでなくても身内の書いたエロシーンは生々しく思えて落ち着かなかったというのに。

「か……返しに行こ……」

時計の針は八時過ぎを指していた。昨夜は二冊読み終えたところで寝ようとしたのだが、目が冴(さ)えてしまって眠れず、結局明るくなった頃にようやく意識が落ちたのだった。

八時を過ぎれば間違いなく起きているだろう。朔海は着替えをすませると、二冊の本とスマートフォンを手に部屋を出た。

一階へ行くと、ちょうどリビングから自室に戻ろうとしていた和隆と出くわした。

「おはよう」

低くて甘い声が、耳朶(じだ)をくすぐる。その声と顔に、夢のなかで見た和隆のそれが重なって、朔海の体温を一気にぶわりと押し上げた。

「わあぁぁっ……！」

なかばパニック状態になって家を飛び出し、隣の家へと駆け込んだ。ドアからドアまで、走ればほんの数秒だった。

休日の朝っぱらから挙動不審で飛び込んでいった朔海を、添島(そえじま)家の面々は特に驚くでも訝(いぶか)るわけでもなく迎え入れた。

「おはよう、朔海くん。朝ご飯食べた？」

「ま……まだです……」

「じゃ一緒に食べよ？」

「食べよー」

朝から朔海に会って一緒に食事が出来ると優希菜は大喜びだ。ダイニングテーブルの隣の席に朔海を招いてご満悦だった。

「フレンチトーストなんだよ」

「どうぞー。トッピングは自由ね」

奈穂美は朔海の前に焼きたてのフレンチトーストを置いた。テーブルの中央にはメープルシロップやバターのほかに、フルーツやサラダ、焼いたベーコンや卵なども置いてある。豪勢な朝食だった。

事情を察しているのか、奈穂美は微笑むだけでなにも尋ねようとしない。そして一家の大黒柱である三奈子は和隆とケンカでもしたと思ったのか、珍しいわねの一言だけだ。

「寝不足なの？」

「う、うん。ちょっと遅くまで起きてて」

「正晴もなのよ。あの子、休みの日は昼頃まで起きて来ないの」

だからといって咎める気もないようで、三奈子は新聞を読みながら黙々と食事をしている。すでに出かける支度は出来ていてメイクもしてあった。隙のないその姿はいかにも女性実業家といった感じだ。

食事の後、三奈子は〈ラグナロク〉へ出勤していった。奈穂美は一日オフなので幼稚園のママ友たちと待ちあわせて優希菜を連れて遊びに行く予定だという。

「公園だけどね。一緒に行く？」

「遠慮します」

さすがに園児とママたちの輪のなかに入っていく勇気はなかった。若い母親たちに好奇の目を向けられるのも嫌だし、子供たちに遊ぼうとせがまれるのも今日は無理そうだ。昨夜から今朝にかけての衝撃は、朔海から気力をごっそりと奪っていったのだ。

「食べたら戻るの？」

「……まだいていい？」

「いいけど、だったら部屋で続きでも読んでいけば？　そのうち正晴も起きてくるでしょうし」

続き、という奈穂美の言葉に朔海はぴくりと反応してしまった。まさにそれがここにいる原因だったからだ。

「お姉ちゃん。あ、あれって……！」

「うん。どう見ても夏希って朔海くんがモデルよね」

「ああ……」

やっぱりそうかと、朔海は目を泳がせた。そうだろうとは思っていたが、冷静な第三者の意見を聞いたらいよいよ逃げ道はなくなった。いや、違うと知ったからといってなにがどうなるものではないのだが。

「初めて読んだとき、とうとうやりやがったな……って思ったよ。例のあのシーンも気合い入ってたしね」

「はは……」

「聞いたことのある出来事がいくつもあるもんね」

「……ですね」

「拾った白猫は黒猫になってたけどね。あ、カエデは元気？」

「……たぶん元気」

今朝はその姿を見る前に家を飛び出してきてしまったが、きっとソファの上で丸くなっていることだろう。

落ち着かず手元を動かしていると、奈穂美はくすりと笑みを漏らした。

「で、読んだ感想は？」

「おもしろかったけど、ちょっと目が泳いだ」

「まぁ仕方ないよね。とにかくあのシリーズはノリノリだし、朔海くんへの滾る欲望とパッションをぶつけてるんじゃないかな、って思ってる」

「そう思ってても引かないんだ……？」

奈穂美は和隆の仕事にも恋愛にも深い理解を示している。もともとそういう人なのか、慣れていったのか、ありがたいことだけれども少し疑問には思った。

「我慢してた分、あのシリーズにぶつけちゃったのかなって、生ぬるい目で見てたからね。和くんって意外におもしろいよね」

「はぁ……」

「もしかして朔海くんは引いちゃったの？　初めてのときがちょっと強引だったから？」

「いや引くっていうか……」

夢に見ました、なんて言えなかった。口に出そうものならば目を爛々と輝かせ、根掘り葉掘り聞いて来るに違いない。

朔海はリビングのテレビの前を陣取っている優希菜をちらりと見た。テレビに夢中とはいえ彼女がいるので、さっきから直接的な言葉を避けているし、そうそう生々しい話にはならないはずだが油断は出来なかった。

「大丈夫なら続きをどうぞ」

「あ……うん」

「別にヤバいプレイはないから大丈夫。軽く縛ったり目隠ししたり、って程度だし。夏希ちゃんにはひどいことしない主義みたいよ。後はまぁ、する場所がいろいろ変わったり、恥ずかしがらせたりするくらいかな」

「ほかの話はそうじゃないんだ？」

「読んで確かめてみなさいって。どれも最終的に甘くなることはなるんだけど、最初のほうはいろいろだから。ヒロインが結構な目に遭うのもあるし」

「ああ……」

朔海が読んだシリーズでさえ最初のセックスシーンはかなり強引だったので、ほかがどういうものかは簡単に想像出来た。そして小早川の言葉からも、ある程度のことはわかる。そろそろ夏希にも、と言ったからには、ほかのヒロインは主人公以外の男とのそういったシーンがあるのだろう。合意か無理矢理かはともかく。

「気が向いたら読むよ」

「わりとさらっと読めると思うよ。なんて言うのかなぁ……ほかのはもっと突き放した感じよ。作者がね」

「よくわかんないけど……」

「ま、気が向いたらってことで。優希菜、そろそろ行くよ。準備して」

「はーい」

優希菜はいい返事とともに立ち上がり、ばたばたと外出の支度を始めた。よほど楽しみなのかその足取りは軽い。

「ところで飛び出してきたみたいだけど、和くんに知らせとかなくていいの？」

「いまさらそれ言うんだ？」

「だってお母さんいたから。ま、きっとわかってるわよね。一応和くんには、本貸したよって言っておいたし」

「……そうなんだ……」

確かに顔を見るなり飛び出したのだから普通ならば追いかけてきそうなものだ。それがない時点で察するべきだった。

奈穂美は優希菜を連れてそれから間もなく出かけていった。残された朔海は言われた通りに奈穂美の部屋で単発の本を一冊読み、彼女の言葉に納得した。

夏希のシリーズよりも冷静な目で読めたし、作者——和隆が突き放しているというのも、なんとなくわかった。確かにセックスの描写自体はこちらのほうが過激だったのに、朔海には生々しさが少なく思えた。

「あの人っぽいかも……」

ヒロインは和隆の昔の彼女を思わせる人だった。具体的なエピソードやセリフがあったわけではないが、読んでいるうちに自然と彼女のイメージと重なったのだ。

試しにほかの本もぱらぱらと捲(めく)ってみたが、ヒロインのタイプは様々だった。お嬢様やインテリふうな教師、可愛らしい巫女(みこ)さんや凜(りん)とした社長秘書。いずれも女性らしい女性で、大人のヒロインは美女だし、学生のヒロインは普通の美少女だった。

やはり夏希は異彩を放っている。わざわざ「ぼく」なんて言っているのもキャラクター付けではなく、朔海を投影しやすくするためなのだろう。

数冊手にしてリビングに下りて読んでいると、昼頃になってようやく正晴が起きてきて驚いた顔をした。

「あれ、朔海？」

「おはよ」

「なにしてんだ」

「読書」

「って、おまえそれ……」

正晴は朔海が手にした本を見て啞然としていた。まさか読むとは思っていなかったらしい。

「うん。読んでみることにしたんだ。あ、なんか作ろうか？」

「自分でやるからいい。おまえ、昼飯どうする？　ピザ焼くけど」

「食べる」

「わかった」

常備してある冷凍ピザを焼くだけなので、ここは遠慮なく頼むことにした。添島家とは昔から食材や料理、あるいは人が行ったり来たりしているのだ。もちろん勝手に冷蔵庫を開けるようなことはしないが、たまにどちらの家の食器かわからなくなることはあった。

キッチンに入っていく正晴を見送り、ふたたび本に目を落とす。

一緒にピザを食べて、他愛もない話をするなかで、一応佐山のことも報告することにした。佐山の気弱さは正晴も気付いてはいたようだ。虚勢を張っていたというよりも、彼自身気付いていていくそうなのだろう。

アルバイト中も、正晴がいないときを見計らうように来ていた。ように、ではなく、間違いなかったのだろうと。

「そう言えば……正晴がいないから僕のところに来たんだったけ」

「俺には絶対近付いて来なかったしな」

「よかったじゃん。さすがにもう懲りただろうし、もしそれでも朔海んとこに来るなら俺がガツンと言ってやるからさ」

「ありがと。けどさ、そんなに弱っちいのに、よく和隆さん相手に略奪しようなんて気になったよね。正晴怖がってるくせに。和隆さんって正晴のボスみたいなものじゃん」

「和隆さんの情報が少ないからだろ。超絶イケメンってことが重要だったみたいだし」

「ボスの部分はスルー？」

「……いいんだよ、もう」

正晴は現状についてとっくの昔に諦め、開き直っているようだ。和隆に多少の理不尽さは感じても、基本的な部分では納得しているからだ。

誰もいないからリビングでゲームをすると言って、正晴はゲーム機をテレビに繋いでコントローラーを握った。

「朔海もやるか？」

「いい。これ読んじゃうから」

「……おまえが和隆さんのエロ小説を読む日が来るとはな……」

どこか感慨深げに呟いて、正晴はテレビ画面に向き直った。ソフトはゾンビが出てくるゲームのようだった。聞こえてくるゲーム内の効果音やプレイヤーの声を聞きながら、朔海は残った数十ページを読んでしまった。

ほかの本を何冊か読んでわかったことはいろいろあるが、一番大きかったのは、やはり夏希シリーズ以外は冷静でいられるということだった。

三冊目の本を読み終えた頃、添島家のインターホンが鳴り響いた。

「誰だよ、日曜日に」

文句を言いながら立ち上がろうとした正晴は、そこではたと気付いて朔海の顔を見た。その瞬間、すべてを察したようだった。

「やっべぇ早く出ねぇと怒られる!」

焦って出て行く正晴を見て、朔海も訪問者が和隆である可能性に気付いた。いや、宅配業者かもしれないし、なにかの訪問販売かもしれない。それでも本を置いてソファから立ち上がり、おろおろと室内を見まわした。

本当に和隆だったら、どうすればいいのだろう。

まだ顔をあわせるほどの覚悟は出来ていない。いや覚悟というのは大げさだろうが、とにかく逃げたい気分のままなのだ。

どこかに隠れようか。

「ダメだ、すぐ見つかる……！」

玄関のほうへ意識を向けると、和隆の声が聞こえた。

「朔海来てるよな」

「いるけど」

正晴はあっさりいると答えてしまった。当然だろう。正晴は朔海が逃げてきたことを知らないのだから。

逃げねばと焦った朔海は、リビングの掃き出し窓を見て急いで駆け寄り、ガラス戸を開けて外へ出た。履きものはいつも窓の下に置いてあるサンダルだ。庭でちょっとした作業――ガーデニングなどをするときに添島家の人たちが履く、男女兼用の茶色のものだった。

走りづらいそれを履いたまま、朔海は庭を通って遁走(とんそう)した。ちょうど和隆は上がり込もうとしていたところで、すでに玄関のドアはしまっていた。

向かった先は徒歩十分のところにある公園だ。遊具が置いてあるタイプではなく、市民の憩(いこ)いの場になっているところだった。奈穂美たちが遊びに行った場所でもある。

手にしたスマートフォンから着信音がして、あやうく朔海は飛び上がりそうになった。

和隆だったが、出ないでポケットにしまい込む。もう少し時間を置いて冷静さを取り戻してからでないと和隆の前には出られそうもない。

辿り着いた公園で、池の周囲に巡らせた柵にもたれて溜め息をつく。

そのまま一時間ほどぼんやりとし、ときどきスマートフォンを眺めては溜め息をついていた。

和隆からは二度ほど電話があったが無視したし、LINEもメッセージを読んだだけで返信はしなかった。だが既読であることはわかるはずなので、あえて朔海が返信していないことも察してくれるはずだ。

「あっ、さっくん！」

「朔海くんどうしたの？」

駆け寄ってきた優希菜が朔海に抱きついてきた。そして足下に気付いて不思議そうな表情を浮かべる。

「なんでうちの靴履いてるの？」

「あー……ちょっと借りたんだ」

優希菜はそれで納得したし、奈穂美も別な意味で納得していた。

「来たのね」

「……うん」

「呆れたわー。解禁した途端、お預けもヘタクソになったわけね」

「それよりそっちはもう解散？」

数組の親子が集って芝生にレジャーシートを置き、子供を遊ばせたり持ち寄った弁当を食べると聞いていたが、すでに彼らは二人だけになっている。

「眠くなっちゃった子がいて、じゃあってことになったの。うちもお昼寝の予定だったんだけど、朔海くんに会って目が冴えたみたいね」

「帰る？」

「もちろん。あ、そうか朔海くんは……ちょっと待ってて。正晴に探り入れるから」

そう言って奈穂美は正晴に電話をし、家に和隆がいるかどうか確認した。するとすでに帰ったという返事があった。

「でも戻ったら、また襲撃されそう」

「そうしたらまた逃げれば。今度は靴、部屋に持ち込んどけばいいじゃない」

「……そうする」

こんな場所でなにもせずにいるのも限界だ。死角を選んで添島家に戻り、言われたようにすればまた逃げられるだろう。

三人で添島家へ帰り、ポリ袋を借りて靴を入れて上がり込んだ。ゲームをしていた正晴はぎょっとしたように朔海を見て溜め息をついた。

「逃げんなよなー」

「和隆さん、なにか言ってた？」

「別に。仕方ないな、って感じだった。俺は文句言われたけど」

「なんて？」

「ちゃんとつかまえとけ、って」

わかっていたことだが和隆は正晴に対してだけかなり横暴だ。巻き込んでしまったことを申し訳なく思った。

夕方になると奈穂美は夕食の支度を始め、朔海はそれを手伝った。合間に優希菜の遊び相手にもなった。数センチサイズの動物と、それらの家や家具を使った遊びだ。

夕食が出来上がった頃、三奈子が仕事から帰ってきた。

和隆がなにを食べているのかと気にはなったが、相手はいい大人だ。たとえ生活能力に欠けていても、一人暮らしの経験だってある三十過ぎの男なのだと朔海は自分に言い聞かせた。

風呂を借りて、ついでに正晴のTシャツとハーフパンツを借りた。下着は新しいものがあるからと下ろしてもらった。

「和くん、仕事中かしらね」

三奈子が隣家を見て気遣わしげに呟いた。

「そうじゃない？　熱中してるのかもよ」

かなり軽い調子で奈穂美は笑い、優希菜を寝かしつけると言って寝室へ行ってしまった。今日の優希菜は朔海がいるせいで普段よりも夜更(よふ)かしをしていたのだ。

リビングに明かりは灯ってておらず、二階の仕事部屋から光が漏れているのみだった。和隆の寝室は反対側にあるので添島家からは見えないが、あの部屋に明かりはもともと灯ることがほとんどないのだ。眠るときにしか立ち入らないせいだ。

昨日徹夜明けで仕事を終えたはずだが、まだ残っていたのだろうか。リビングが暗いということは、ずっと仕事部屋に籠もったままということだ。

少し気になって、朔海は何度もちらちらと家のほうを見た。

様子を見に戻ろうか。そう思っていたとき、朔海のスマートフォンが鳴った。時間は夜の九時をとっくにまわっていた。

「あれ、小早川さん？」

彼からかかってくることは稀だ。非常時に備えて連絡先を交換しあっていたが、実際にかかって来ることはほとんどない。

「はい、えっと朔海です」

『よかった、朔海くん！　先輩はっ？』

ひどく焦った声が耳に飛び込んできた。普段からテンションの高い話し方をする男だが、今日はいつもとは違っている。

思わず朔海は家を見やった。

「家にいると思いますよ？」

『朔海くんはいまどこに？　先輩と一緒？』

「違いますけど……」

『そんな……全然連絡付かないんだよ！　今日中に原稿もらえるってことになってて、昼過ぎから何回も電話してるんだけど、出てくれなくて……っ』

小早川はいつになく早口で、電話越しにも彼の焦りが伝わってきた。朔海は家のほうを見ながら少し考えて言った。

「終わってないから電話出づらくて無視してるんじゃないですか？」

『先輩はそういうタイプじゃないんだ。ヤバい状態でも電話には出てくれるから！　いや確かにそういう先生もいるけどね』

「大変そうですよね。小早川さんの仕事って」

編集者への道は断念しようかなと、朔海はちらりと思った。

「それはいいんだよ。いまは先輩の話！　いま俺、家まで来てて、明かり見えるのに反応なくてさ……どうしよう、なかで倒れてるとかないよね？』

「え……」

脳裏(のうり)にふと蘇ったのは昨夜のバスルームでの光景だ。まさかまた風呂で眠ってしまったということは――。

「おばさん、ごめんなさい。僕帰るから！」

「あらそう？　和くんによろしくね」

血相を変えて飛び出して行く朔海を、三奈子はにこやかな笑顔で見送った。緊張感の欠片もありはしなかった。

玄関から玄関までは、本当にすぐだ。全力疾走なので、朝に駆け込んできたときよりも早く到着した。

玄関前では小早川がおろおろしながら立っていた。彼は朔海の顔を、まるで救世主かなにかのように見た。

「あああ、朔海くん！」

「いま開けますっ」

玄関を解錠し、靴を投げ飛ばすようにして脱いで、まずはリビングの明かりをつけつつ、バスルームへ直行した。なかは暗いし、音もしない。それでも念のためにと扉を開け、無人であることにまずは安堵した。

カエデの姿は見当たらず、ならば和隆のいる二階だろうと、階段下でうろたえているだけの小早川と一緒に仕事部屋に突撃した。

ドアはいつものように――カエデが自由に出入り出来るように少し開いていた。

「おう、ご苦労さん」

椅子ごとくるりと振り返った和隆は、朔海たちの様子など気に留めた様子もなく立ち上がり、手にしたものを小早川に差し出した。

反射的に受け取った小早川はまじまじともの言いたげに和隆を見つめた。

「原稿はいまメールで送ったし、時間あったんでプリントしといた」

和隆の様子は普段となんら変わりなく、朔海たちの心配は無用のものだったと否応なしに実感させられた。

小早川は原稿を抱え込み、大きく息を吐き出した。

「だったら出てくださいよー先輩。何回も電話したたし、インターフォンだってさんざん鳴らしたでしょ！」

「気がつかなかった」

しれっと言い放つ和隆に呆れたのか、小早川はがっくりと肩を落とした。諦めた、が一番近いかもしれない。

やがて気を取り直し、小早川は背筋を伸ばした。

「ありがとうございました。今回も大変お疲れさまでした。確かに受け取りましたので、粛々と進めさせていただきます」

「よろしく」

唖然として立ち尽くす朔海をよそに、和隆は小早川を玄関まで送り、すぐに引き返してきた。

そこには疲労もなければ不調もまったく見られなかった。

どういうつもりなのか。朔海は睨むようにして和隆を見つめた。自分が家を飛び出していたことはもう忘れていた。

「おかえり。約十三時間の家出だったな」

「どういうこと？　なんで小早川さん無視してたんだよ。心配するだろ！」

「放っておくと隣に泊まりそうだったからな。ちゃんと帰ってくるようにと思って。帰ってきやすかっただろ？」

「だからって小早川さんに迷惑かけなくてもいいじゃん」

納得出来ない思いが強いせいか、今朝方感じたような動揺はなかった。少し時間を置いたせいもあるかもしれない。

それでも和隆の目を見ているうちに、だんだんと最初の勢いが収まってきて同時に二人きりだという意識が強くなってきた。

にゃあ、とカエデの鳴き声が聞こえて、朔海は縋るように彼女に目を向ける。

いつものように和隆の足に頭をすりつけてじゃれついていたが、すぐに部屋から出て行ってしまった。

「気が利くな」

「え？」

「おいで」

手をつかまれ、朔海は仕事部屋の隣――つまり和隆の寝室へと連れて行かれた。ここにあるのは間接照明だけなので、明かりをつけても柔らかい色で照らされるだけだった。

和隆は静かにドアを閉めた。これでカエデが入ってくることはない。彼女はしまったドアを開けろと要求するタイプではなく、入れないのならば諦めて別の場所へ行くタイプなのだ。

朔海は和隆の顔を見て、とっさにすぐ目を逸らした。

甘くて熱を孕んだ目を直視出来なかったからだ。さっきまでとはあきらかに雰囲気が違っていて、落ち着かなくなった。

夢で見た和隆が重なり、とても直視出来そうもない。

「あれ、読んだんだってな」

朔海は横を向いたまま黙って頷いた。

座るように促され、和隆と並んでベッドに座った。無意識にそうしてから、ベッドだということを強く意識した。

「どうだった?」

「……どうって言われても……」

「似てたろ?」

声のトーンこそ問いかける形だが、それは間違いなく断定だった。そう思わないはずがないと言外に告げているのだ。

朔海はなにも答えなかった。否定は出来ないが肯定もしたくないからだ。

「わかってると思うが、モデルは朔海だよ。実はあれ書いてる最中に、おまえが好きだって自覚したんだ。それで、途中で僕っ娘に変更してビジュアルも変えた」

自然に似てしまったわけではなく、故意にそうしたのだと打ち明けられてしまった。朔海はそろりと顔を上げた。

「あ……ああいうこと、僕にしたいんだ……？」

「もちろん」

あっさりと返事をされて朔海はうろたえる。もう少し言葉を濁すか、ごまかすかすると思っていたのに、実にためらいがなかった。

「その、あんなに何回も、したり……？」

「そうだな」

「し……縛ったり……？」

「朔海が嫌じゃなければ」

「わかんないよ、そんなの……」

縛るとは言っても夏希がされていたのはとても緩い拘束だ。脱がしたシャツで軽く縛るという程度で、自由を奪うのが目的なのではなく、あくまでプレイといった印象だった。シチュエーションを楽しむためなのだろう。

だから読んでいるときも抵抗感はなかった。それが自分の身に置き換わった場合どうなのかは、まだわからないけれども。

「そのうち試してみような」

「うん。……うん？　ち、違っ……」

我に返って慌てて否定してみるものの、和隆は色気たっぷりの顔で見つめてくるばかりだ。楽しそうで嬉しそうで、朔海の否定など聞いてもいないかのようだった。

「試さないから。っていうか、そろそろ離して」

ずっと手を握られたままだし、いつの間にか腰まで抱かれていた。密着度が高く、それだけでもう心臓がうるさくなっている。

「俺にこういうことされるのは嫌じゃないだろ？」

「……嫌じゃ、ないけど……」

「それはどういう意味だと思ってる？」

じわじわと追いつめられているのは気のせいじゃないだろう。いつまでも待たせておけないと朔海は思っていたが、和隆もまた長く待つつもりはなかったらしい。いよいよ彼は落としにかかっているのだ。

ぐずぐずと答えを引き延ばしている朔海から、望む答えを引き出そうとしている。

「恋愛感情、って……よくわからなくて」

「うん」

「和隆さんが特別なのは当たり前のことで、だからなにされても嫌じゃないかもしれない、って思ったりもして」

「いまも？」

「……いまは、違う気がする」

誰にも渡したくないとか、一緒にいたいとか、和隆の特別でありたいとか、そのあたりならば肉親の感情として片付けられた。けれどもキスを望んだり、その先の行為——夢でされたようなことも嫌ではなくて、怯えながらも期待していると気付いてしまったら、もう叔父だとか甥だとかいった関係ではすまなくなる。

彼の想いも熱も、すべて感じたいと思うなんて。

答えはもう出ているのだ。

「好きなんだと思う。和隆さんと同じ意味で……」

彼が熱を孕んだ目で朔海を見ているように、きっといまの朔海も湧き上がるものを隠しきれていないはずだ。恋情だけではなく、相手への欲を確かに抱いている。

「俺のことが好きで？」

「うん」

「一緒にいたくて、ほかのやつには触られるのも嫌で？」

「うん」

「キス、したくて？」

「……うん」

先日のキスではもの足りなかった。もっと深くまで求めてほしかったし、朔海も求めたかった。いまならはっきりとそう思えた。

目を閉じると、待っていたように唇にキスが落ちた。最初はあのときと同じ触れるだけのキスが繰り返され、やがて唇を舐められた。

ぞくぞくと腕が粟立って、自然と唇を開いていた。

歯列を舐められて小さく声を漏らし、入り込んできた舌に嬲られて吸われて、身体中の力が抜けてしまう。

キスがこんなに気持ちいいなんて知らなかった。もっともっと、と夢中になって舌を絡め、静かな寝室には湿った音と朔海の鼻にかかった声、そして息づかいが長く響いた。

名残惜しげに唇が離れていき、朔海の口角からはどちらのものともわからない唾液が伝い落ちていく。

「はぁ……」

「恋人のキス、な」

どうだったかと感想を求められたように聞こえたが、とても返事をする余裕はなかった。

ふわふわとして身体に力が入らなくて、和隆の腕が支えてくれなかったらベッドの上に倒れ込んでいただろう。

顎まで伝っていった唾液を追って、そしてそこから首筋までを、和隆の舌先が舐めた。

「ぁ、ん……」

びくんと身体が震えた。くすぐったいような、けれども気持ちがいいような、よくわからない感覚だった。

「朔海を全部くれ」

「え、あっ……待ってよ、そんな……」

「もう十分待ったよ」

身に着けていたものがあっという間に剝ぎ取られ、ぽいと部屋の隅に投げられた。

「正晴の服なんて着るなよ。家出のときは服も持ってけ」

無茶なことを言って和隆は全裸の朔海に覆い被さった。

自分が裸であることよりも、逞しくていやらしい和隆の裸を前にしていることが恥ずかしかった。直視出来なくて目をつぶると、今度は触れあった部分が意識されてドキドキしてしまう。

首をまた舐められ、それから強く痕がつくほどに吸われた。

キスの雨は肩や鎖骨、腕から指の先まで降ってきて、そのあいだに指先が薄っぺらな胸を撫でたり揉んだりしていた。

なにもない場所。そう思っていたところが、弄られているうちに少しずつ妙な感覚を拾うようになっていった。

「やっ、あ……ぁ……」

意味があると思っていなかった乳首を指の腹で摘まれると、じんわりとした甘い痺れが指先や背筋を走り抜けていく。

反対側を口に含まれ、舌先で転がされても、やはり芯まで響くような感覚に見舞われた。

「やっぱり朔海は敏感だ」

「んっ、知ら、な……」

ずっと前から知っていたようなことを言われても朔海にわかるはずもない。こんなふうに触られたのは初めてなのだ。

指と口とで、そこが痛くなりそうなほど長く弄られる。軽く歯で挟まれただけで仰け反ってしまうようになるまで、執拗な愛撫は続けられた。

「い、や……もう、そこ……やだぁ……」

「真っ赤になってるな」

くすりと笑う和隆には朔海の訴えは届かない。さっきから何度もやめてと言っているのに、そうかと言いつつまた続けてきた。

もうなにもされなくても乳首はピリピリとし続けている。空気に晒されているだけでも絶えず刺激を送り続けているみたいだった。

そんな場所を、和隆は軽く嚙んだ。

「ぁうっ……」

がくんと仰け反り、朔海はシーツに爪を立てた。

「すぐにここだけでイケるようになるな」

「もうそこ、触……なっ……」

「後でな」

ちゅっ、と音を立ててそこを吸い、もう一度朔海に声を上げさせてから、ようやくキスは胸を離れた。

脇腹を撫でて、舌先でなぞり、へそをひとしきり舐めてから、肝心なところは通らずに腰や腿に痕を残す。

愛撫は足の指先にまで及び、指をしゃぶり、やめてと泣く朔海を無視して舐め続けた。ふたたび下腹部に戻る頃には、朔海はぐったりとしてなかば放心していた。

初めてということを意識して、和隆の愛撫は丁寧すぎるほど丁寧だ。そして途中でやめる気もさらさらなかった。

内腿を強く吸って痕を付け、ほっそりとした脚を大きく開かせてからすでに形を変えていたものを口に含む。

「ぁあっ……あっ、あ……」

自分で触れるのとはまったく違う感覚に朔海は身悶えた。全身への愛撫でもう朔海のものは張り詰めていて、軽く口のなかで扱いただけで、あっという間に絶頂がやってきた。

切羽詰まった声が断続的に上がる。なにかが来ると思ったのに口はまったく逆のことを言っていた。

「やっ、ぁ……イク、イッちゃ……あぁっ」

次の瞬間には頭のなかが真っ白になっていた。

ぐったりと力なく投げ出された身体を撫でられ、ビクビクと肌が震えた。どこにも力が入らなくなって、このまま眠ってしまいたくなる。もちろん許されるはずもなく、抱え上げられた腰の下に大きめの枕が押し込まれた。

「身体、柔らかいな。苦しくないか?」

不自然な体勢のことを言っているのだと理解するのに少し時間がいった。膝が胸に付くほど脚を曲げられているが、痛みはなかった。

呼吸を整えるのでせいいっぱいの朔海を見つめ、やがて問題ないと判断した和隆は迷うことなくあらわにした場所に舌を寄せた。

「ん……あん、な……に……」

舌先が蠢くたびに、ひくんとそこが震える。固く閉ざされた秘められた場所は、まだ舌の侵入さえも拒んでいた。

重たいまぶたをこじ開けて、朔海は悲鳴を呑み込んだ。

触れるべきではない場所を和隆が舐めていた。そこで繋がることは頭ではわかっているが、口を付けていい場所ではないはずだった。

「やっ、やだ……」

もがいても、それ以上の力で押さえ込まれて逃げ出すことが出来ない。だが和隆を蹴飛ばすなんて出来なくて、どうしても抵抗らしいに抵抗にならなかった。

手を伸ばし、和隆を押しのけようとしたら、その手を強くつかまれた。

「いい子にしてないと縛るぞ」

抵抗するのは「いい子」ではないらしい。言葉に詰まった朔海に微笑みかけ、和隆はつかんだ手のひらに優しくキスをした。

「全部受け入れてくれ」

「でも……」

「気持ちよければ声出して、気持ちいいって教えてほしいんだよ」

「……それが、いい子……？」

「そう。可愛い恋人だ」

恋人という言葉が呪文のように耳から朔海の隅々まで染み渡っていく。指先から力が抜けて、和隆にそっとシーツへと戻されてもされるままだった。

舌があやしく動き、襞の一つ一つをなぞるように何度も触れた。

ダメなのに気持ちがいいと思った。少しずつ自分の身体が解れていくのがわかって、朔海はすすり泣くような声を上げ続ける。

舌先が入り込んで、内側から舐められるという信じられない愛撫を受けて、もう精も根も尽き果てたと思う頃になってようやく、指が差し込まれた。

「う、ぁ……」

気持ちいいなんてとても思えない。けれども前後に動かされると、なんとも言えないあやしい感覚がじわじわと生まれていく。

濡れたいやらしい音が耳をくすぐって羞恥心をまた煽っていくが、次第に朔海はそれどころではなくなっていった。

優しいのに容赦なく指は動きまわり、二本、三本と増やされていく。異物感だけだったものが、熱くてむず痒いもどかしさに変わっていた。

自然と腰が揺れていたことにも気付けなかった。

「あうっ……やっ、あ、あっ……！」

内側からある場所を刺激され、朔海は大きく身体を震わせながら悲鳴を上げた。指がかすめていくたびに電流のように快感が迸った。

意味のない言葉が勝手にこぼれていく。理性はとっくに快楽に呑まれていた。

「だめっ、そこ……いやぁ……っ」

二度目の絶頂は、内側から弱い場所を何度も責められた後でやってきた。

悲鳴を上げてのたうって、泣きながら全身を硬直させて、朔海はもう少しで意識を飛ばすかという域まで追いつめられる。

びくびくと全身が痙攣して止まらない。指は動きを止めているがまだ入ったままで、朔海は何度もそれを締め付けていた。

「可愛いな」

「や、あ……いやっ」

もう一方の手が腰や腿を撫でる。触らないでと言いたいのに、舌が痺れて上手くいかなかった。代わりに弱々しくかぶりを振っても、腰を撫でる手は止まらない。

気がつくと朔海は泣いていた。快感が怖くて、自分がどうなってしまうのかと不安で、震えながら何度もしゃくり上げた。

「怖くないから。俺が朔海をそんな目に遭わせるはずないだろ?」

「……わかん、ない……」

現にいまそういう目に遭っているのだから和隆の言葉は信憑性に欠けるというものだ。だがきっと怖いのは朔海の問題で、本当は怖いことでもなんでもないのかもしれない。そう思えるくらいに、朔海のなかで和隆は絶対なのだった。

いつの間にか波が去ったことは朔海よりも和隆が先に気付いた。

「んぁ……っ」

指が一気に引き抜かれ、朔海は思わず声を上げる。最初は異物感がひどくて抜いてほしいと思っていたのに、いざなくなると喪失感にも似た感覚に見舞われてしまった。そんな自分に気付いた朔海は静かに動揺した。

すでにこの身体が変わってしまったようにも感じられた。

「力抜いてろよ」

さっきまで指が入っていたところに今度は熱く硬いものが押し当てられる。力を抜いていろなんて無茶な注文だ。どうしたって力は入ってしまう。

「やっ、そんなの……無理……」

ましてうっかりと和隆のそそり立ったものを見てしまったのだからなおさらだった。

「大丈夫だから」

知っていたつもりだったが、わかっていなかった。それは一緒に風呂に入ったときに見ていた大きさではなかった。

逃げようとしたら腰のあたりをがっしりとつかまれて動けなくされて、朔海は潤んだ目で懇願するように和隆を見つめる。

自分に甘い和隆ならば、やめてくれるんじゃないかと期待していた。

「ごめんな」

だがあっさりと期待は裏切られて、和隆のものが少しばかり強引に一気に押し入ってきた。

「ああっ……！」

信じられない質量が身体のなかにあった。耐えきれないほどではないが痛みはあるし、それ以上に異物感がひどくて苦しい。

それがどんどん奥へと入って来るのだ。

「う……く、んっ」

「息吐き出せ」

無意識にそれに従って、もうこれ以上は入らないと泣きそうになったとき、さらりと髪を撫でられた。全部入ったらしいと、言葉はなくてもわかった。

和隆が自分のなかにいる。急にそう思ったら幸せな気持ちになり、自然と頬が緩んでいた。

一つになれたという喜びを素直に感じている自分が不思議だった。いままで意識してそれを望んだことはなかったのに。

「もうちょっと頑張れ」

「……ん」

背中に手をまわすと、それを待って和隆が動き始めた。

身体の内側を擦(こす)られるのは気持ちいいというより変な感覚だった。和隆が前を手で愛撫しているから、そのおかげで気持ちいいと思えた。

揺さぶられて突き上げられて、繋がっている部分が少しずつ、むず痒いような熱いような感覚に変わっていくのがわかった。

「は、っ……あ、ん……あんっ」

痛いのか痒いのか熱いのか、自分でもなにがなんだかわからない。はっきりしているのは、もっと和隆を感じたいということだけだった。

律動が激しくなって、朔海の声も掠(かす)れていく。

なかをぐちゃぐちゃにかきまわされ、弱いところも幾度となく抉(えぐ)られて、朔海は泣きながら喘ぐことしか出来なくなる。

和隆が屈(かが)みこんで朔海の胸を吸った。

「あっ、あん……それ、だめぇ……ぁ、あああ……っ」

深く突き上げられると同時に乳首を噛まれ、朔海は三度目の、それも一番強い絶頂感に大きく仰け反った。

自分のなかが和隆の欲望を受け止めたのがわかる気がした。

眠い。もうこのまま意識を落としてしまいたい。そんな願いを抱きながら目を閉じて半分意識を手放しかけていると、耳元でゾクゾクするような声がした。

「もうちょっと付き合ってくれ」

「え……」

さっきもそれを聞いたはずだ。問うような目に言いたいことは表れていたのに、和隆はすまなそうに笑うだけだった。

どうやらゴールは動くものらしい。

見えない終わりに軽く絶望しながら、朔海は昨夜読んだ小説の展開を脳裏に思い浮かべていた。


ぼんやりと目を開けると、すでに窓の外は日が落ちかけていた。

頭が痛いのは眠りすぎたせいか、あるいは昨夜の影響なのか。いずれにしても十二時間以上の睡眠の原因が和隆なのは間違いない。

ベッドで寝そべったまま溜め息をつくと、その息にすらまだ官能の色が残っているような気がした。

身体はさっぱりとしているから、拭いてくれたかなにかしたのだろう。うっすらと風呂に入ったような記憶もあるが、果たして現実なのか夢なのかはわからなかった。

いろいろと思い出すだけで熱が上がりそうだ。

濃厚なキスから始まった昨夜の行為は、初めての朔海にはあまりにも強烈な体験だった。長く執拗な愛撫に、開かされる痛み、そして痛みの先にあった壮絶な快楽——。

声が嗄れるほど喘いだし、泣いた。気持ちよすぎて泣くなんてことが現実にあるのだと、朔海は身をもって思い知った。

「だるいし……」

あれだけ何度もイケば当然だ。自慰で得た快感など比較にもならないほど強くて深くて、そして長い快感におかしくなりそうだった。

「小説と同じじゃん」

夏希というヒロインも愛撫でとろとろに溶かされて、少しばかり強引に挿入されて、初めてなのに何度もされていた。主人公は最初にイッた後も抜かずにそのまま責め立てていたし、ヒロインが許してと懇願してもやめてやらなかった。結局ヒロインは泣きじゃくりながら最後は失神していた。

もしもその後の展開も同じだというなら、朔海は風呂場に運ばれて身体の隅々まできれいにされた後、半分意識のないまま風呂場でまたアンアン言わされていたはずだ。さすがにそれはないと信じたかったが、記憶の隅っこに浴室で響く自分の嬌声があって、ひどくいたたまれない気持ちになる。

「和隆さん、元気過ぎる……あの主人公より七つも上なのに」

迂闊に問題のシリーズを読んでしまったせいで、朔海は今後の不安を抱えることになった。不安と言っても些細(ささい)な問題だろうし、人に言ったところで食傷気味に流されるかもしれないが、夏希というヒロインがされたことを自分もされるんじゃないかと思うと動揺してしまうのだ。

カーセックスに至ったり、自慰(じ)をするところを見せろと言われたり、泣き出すほど焦らされて恥ずかしいことを言わされたり。

ひどいことではないし、そもそもあの主人公はヒロインに対して暴言も吐かず暴力も振るわない。ひたすら溺愛(できあい)だ。ただしその溺愛がしばしば大暴走を起こし、見方によっては暴挙とも言える行動となる。あのヒロインは義兄の愛情と欲望に溺れてあっぷあっぷしている印象があった。

まさに朔海も溺れそうになっている。

「朔海、起きたか？」

「っ……」

ドア越しに声が聞こえ、朔海は激しく動揺した。声を出したわけでもないのに気配が伝わったのか、和隆は部屋に入って来た。

彼は朔海を見て爽(さわ)やかに笑った。

「おはよう」

「……おはよ。夕方だけど」

掠れた声で返してみたものの、目を伏せたままだった。恥ずかしくて照れくさくて、とても顔は見られない。

声を聞いたら昨夜の記憶が生々しく蘇ってきた。

「具合悪くないか?」

「大丈夫」

和隆が動くとふわりといい匂いが漂ってくる。

ちらっと目を少しだけ上げると、和隆の手にはトレイがあって、そこにはリゾットが載っていた。レトルトかフリーズドライの商品だろうと思った。

「腹減ったろ」

「……うん」

起き上がろうとしたら背中に手を添えられ、身体が勝手にびくりと震えた。いまのはただの介添えなのに、変に意識してしまっている。顔も赤くなっていた。

「嬉しいな」

「え?」

「朔海が俺を意識しまくってる」

「だ、だって……あんな……」

あれだけのことをすれば当然だ。身体中を舐められて見られて、なかまで触られて、ひどい痴態をさんざん晒すはめになったのだ。

なのに和隆は最初から最後まで見惚れるほど格好良くてセクシーだった。朔海一人が乱れてみっともなくて、ずるいと思った。

「昨日はごめんな」

こめかみにキスされて、甘い声にくすぐられる。恥ずかしくて、少し嬉しかった。

「な……なんで、ごめん？」

「いや、ちょっとやり過ぎたかな、と」

謝ったわりに反省や後悔の色が皆無なのはなぜだろうか。むしろ和隆の声は喜んでいるだけに聞こえた。

「朔海があんなに色っぽくなれるなんて知らなかったよ。可愛くて、艶めかしくて、初めてだから一度でやめようとしてたのに止まらなかった」

「……みっともなくなかった？」

「きれいだった」

「ほんと？」

「嘘ついてどうする。なんならいまから続きするか？　本当は朔海の媚態、もっと見たかったんだぞ」

「そ、それは無理……」

全身を包む疲労感や熱っぽさ、そして関節の痛みがひどいのだ。とてもじゃないが当分あんなことは出来そうもない。

またしていいかと聞かれたら、間違いなく頷くだろうが。

「とりあえずエネルギー補給だな」

膝の上にトレイが乗せられ、ふわっといい匂いが立ち上ってきた。チーズのリゾットらしい。具には細かく刻んだ野菜が何種類か入っている。

スプーンを握ったところで朔海は気付いた。

「これ、どこの？」

買い置きのフリーズドライのリゾットとは違う。家にあるのはトマト系と、ほうれん草入りのグリーンがかったものの二種類のはずだった。

「作った」

「え？」

なにを言っているのか、と思っていると、少し冷ましたリゾットが口に運ばれた。いつの間にかスプーンが取り上げられていた。

反射的に口に入れ、その旨味（うまみ）がじんわりと舌に広がるのを感じた。

「あれ、美味しい」

「だろ？」

「え、ちょ……ちょっと待って。なんで……？　あ、もしかしてお姉ちゃんが来て作ってくれたとか？」

「和隆さん作」

「嘘……」

和隆と言えば家事全般、特に料理はまったく出来ない人のはずだ。朔海は何度も、簡単だからやってみればと言ってきたが、そのたびに「俺はいいよ」と言って逃げてきた。

よく考えてみると、出来ないとは一度も言わなかった気がする。

「実は料理も得意なんだ」

「……も？」

「家事全般こなせるぞ、俺は。朔海に世話焼いてもらえるように、なにも出来ない振りしてたけどな」

「ええぇっ……！」

信じられないことに、朔海は十年近くも騙されていたのだ。一人暮らしのマンションを見たときのインパクトがあまりにも強かったせいで、そういうものだと思っていたが、あれは締め切りが重なって片付ける余裕もなく、本当にたまたまだったらしい。

朔海が誤解したのをいいことに、和隆は家に繋ぎ止める理由の一つにしていたという。

「晴れて恋人になったし、もう出て行く理由もないからいいかな、と」

これからは分担しような、なんて言われて、釈然としないものを覚えながらも朔海は頷いた。

もう一度リゾットを口に運ばれ、今度はやけになって食べる。

やはり和隆はずるい。そんなずるい男につかまってしまった自分は、もういろいろと諦めるしかないのだろうなと思った。

あとがき

本書をお手にとっていただきありがとうございます。今回、特別な仕様ということで内容をどうしようかと少しだけ悩んだのですが、いつも通りでいいですと言われて、本当にいつも通りになりました。

超がつきそうなほどのラブコメですね。私は日常系の話がたぶん半分くらいで、残りが特殊能力なものと架空ニッポン（主に制度などがリアル日本ではあり得ない）が舞台な話です。それらの融合という場合もありますが、放っておくと非日常系に偏りがちなので担当さんのご意見が必須だったりします。

話は変わりますが、作中で和隆が出したハードボイルド作品がジャンルエラーという件……。私も以前、異能合戦のハードボイルド小説を読んで困惑したことがありまして。タイトルを見た時点で、どうしちゃったんだろうと思ったんですが、作家買いしている方の新刊だったので戸惑いつつも買って読んだわけですね。そうしたらファンタジー要素が入っていた……と。入っていたというか、話の核でした。そして超人同士の戦いへ！

だからといって和隆の作風のモデルにしたわけではないです。あ、でも女性キャラクターの影が薄いな、そういえばその方も。

さて、今回のタイトルは自分的にはかなり思い切ったもので、自分史上一番可愛いタイトルなんじゃないかと思ってます。最初に考えたタイトルはもっと短く、いかにも私がつけそうな感じだったんですがインパクトに欠けていまして。

いろいろと冒険心がなくなってきている今日この頃です。やってみたいことや書いてみたいものはあるんですが、どうしても思い切れずにいたりします。こっそりと設定やら大筋だけを考えてはお蔵入りフォルダにしまい込んでます。

そんなわけでいつもと違う四六判という形の書籍に、いつもとはちょっと違う傾向のタイトルで臨んでみました。なんてミクロ的な冒険（笑）。

私が日常で冒険することなんて、新発売や期間限定のドリンクを見るとつい買ってしまうことくらいです。ただし高確率で玉砕します。メーカーさんはスナック菓子等を液体にする試みはやめたほうがいいと思うんですが。でも出たらきっと買ってしまうんだろうな……。

ちなみに食べ物に関しては保守的です。たぶん。そして許容範囲は広いです。味が濃すぎたりするのは苦手ですが。

最近、立て続けに味に厳しい方と関わるようになりまして、人それぞれだなぁと思うことしばしば。同じものでも、ある人は絶賛するのに、ある人は「まぁまぁ」でしかなかったり。味覚なんて好みですからね。それと、表現。ある程度美味しかったら「美味しい」としか言わない人もいれば、細かくマイナス点を挙げる人もいるし。

自分が好きなら別にいいんでしょうけども、厳しい人にはちょっと怖くて自分のお気に入りの店を紹介出来ない小心者です（笑）。手土産で持って行ったケーキとかを、目の前で何の感想もなく食べられると非常にドキドキする……。

最近、自らのコミュニケーション能力の低さをあらためて実感してます。というかあれだ、自分が今まで接したことがない世界の人だからだな。でもネタにはなるかもしれない。いつか形になったらいいなー。

いつもより多いページ数におたおたしながらも何とか埋まりそうです。

最後になってしまいましたが、高星麻子先生、大変ありがとうございました。すでにカバーイラストも見せていただき、美麗さと格好よさにうっとりしてます。漂う色っぽさも素敵で、本が届くのを楽しみにしております。

そしてこの本を手に取ってくださった皆様、本当に本当にありがとうございました。

ではまた、よろしければ別の機会に。

きたざわ尋子

この作品は書き下ろしです。

きたざわ尋子

一九九四年デビュー
出版した本の冊数（部数ではない）を把握していない、いい加減な作者
何か新たな趣味を作ろうと模索中
とりあえず体力をつけようと頑張っている

恋って何でできてるの？

二〇一六年九月三〇日　第一刷発行

著者　きたざわ尋子

発行人　石原正康

発行元　株式会社 幻冬舎コミックス
〒一五一-〇〇五一 東京都渋谷区千駄ヶ谷四-九-七
電話　〇三（五四一一）六四三一［編集］

発売元　株式会社 幻冬舎
〒一五一-〇〇五一 東京都渋谷区千駄ヶ谷四-九-七
電話　〇三（五四一一）六二二二［営業］
振替　〇〇一二〇-八-七六七六四三

印刷・製本所　中央精版印刷株式会社

検印廃止

ISBN978-4-344-83795-9　C0093　Printed in Japan
本作品はフィクションです。実在の人物・団体・事件などには関係ありません。
幻冬舎コミックスホームページ　http://www.gentosha-comics.net